転生マクベス

角川春樹事務所

本書はハルキ文庫の書き下ろし作品です。

目次

プロローグ……5

第一話　終わりの始まり……10

第二話　最後の人生……36

第三話　任命……62

第四話　宴の夜……85

第五話　親友と予言……128

第六話　新たな予言……144

第七話　裏切り……156

第八話　魔女の洞窟……206

第九話　予言の三魔女との戦い……231

エピローグ……245

シェイクスピアの四大悲劇の一つと言われている『マクベス』。

これは、その主人公であるマクベスとその仲間の物語——。ただし、多くの人が目にしてきたマクベスとは違うかもしれない。

プロローグ

森の戦の匂(にお)いがした。

マクベスの好きな匂いだ。戦にはそれぞれ匂いがある。森の戦。海の戦。草原の戦。その中でも森の戦の匂いが一番好きだった。

もう長い間戦の中にいる。血と泥(どろ)の匂いが体にも心にも染みついていると言ってもいい。そしてその匂いは彼の誇りでもあった。

いまでは虚(むな)しい誇りだが。

「私は出陣する。ドクターよ、お前には我が友バンクォーの息子であるフリーアンスへの伝言を頼みたい」

マクベスはわずかに残った信頼できる相手に声をかけた。

マクベスはノルウェー軍を撃破し、自軍の裏切り者を倒したことで北部にあるコーダーの領主となり、さらには前スコットランド王のダンカンを殺すことで自らが王と息子であるフリーアンスに言葉を残すことにしたのだ。

「……どのような言葉を伝えればよろしいのでしょうか？」

戦いが待ち受けている緊迫した状況で、マクベスをはじめとする騎士たちの表情は硬く、これから始まる戦いが厳しいものになると感じていた。

緊張に息をのむドクターはメモを用意し、マクベスの言葉を聞き逃すまいとしている。

「予言そのままを信じすぎるな。予言の真の意味をとらえろ。あいつらは決して全てを教えてくれる者ではない――そう伝えてくれ。予言に振り回されるのは私で最後にしたいからな……」

それだけ言うと、マクベスはマントを翻して部屋を出ていく。

戦場へと向かって……。

その後、マクベスは予言のとおりマクダフとの戦いで命を落とす。

こうして彼の最初の物語は終わりを告げた。

シ、シェイクスピアによ、よる悲劇、マクベスの幕がおりたのだった……。

物語が終わり、物語の登場人物であるマクベスはこのまま消えていく――はずだった。

だが、消えるはずの彼の魂(たましい)は、なぜかその場にあり続け、ゆっくりと再びマクベスの形を成していく。

一つの物語の終わりは、次の新たな物語の開始の合図だった。

舞台の幕が開くように、彼の魂は眩(まぶ)しい光に包まれた――。

第一話　終わりの始まり

「普通の悲劇というだけでは刺激が足りないかもしれない」

シェイクスピアは大きくため息をついた。

そうして傍らのコーヒーを一口飲む。コーヒーの苦味が脳を刺激した。最近やってきたこの飲み物はひどく苦いが、慣れるとそれがいい。

たっぷりのバターを入れて飲むとなお風味が増した。最近のお気に入りである。

シェイクスピアは原稿を書くのに最大で三日しか時間をかけない。それ以上は集中力が続かない。そもそもそれ以上かかるようでは作品の質は悪いものになっている。

だからまずさっくりと書き上げてから見直すのが流儀だった。

自分で気をつけないといけない。シェイクスピアは有名になりすぎているので誰も口を出してこない。結果を教えてくれるのは観客だけである。

だから物語の結果はいくつも用意してみることにしていた。

「もし物語の登場人物が生きているなら。何度も書き直されるのはたまったものではないかもしれないな」

シェイクスピアはあらためてコーヒーを口にした。

「この香りはたまらないな。このマクベスの時代にはなかったものだが」

そういいつつ、あらためて羽根のペンを手にとったのであった。


「⁉」

目覚めたマクベスは馬上におり、倦怠感が身体を包んでいることに気づく。

「おっと」

急に意識が覚醒したため、バランスを崩したのをとりなおして、馬を止める。

慌てて周囲を見回すが、そこには誰もおらず、土と血の匂いが混じった戦場の匂いが鼻をつく。

「ここは……ノルウェー軍との戦場か？」

しかめっ面をしながら考え込むマクベスは、この場所に見覚えがあった。

かつてマクベスが王より称賛された、ノルウェー軍との戦いが行われた場所である。

（戦いは既に終わっているようだ……つまり、あの戦いのあと……いやそれより）

戦争は終わりを迎えていたが、未だヒリヒリとした空気がマクベスの周囲には流れている。

「私は死んだはずでは？　なぜこんな場所にいるんだ……？」

彼の最後の記憶はマクダフの剣で胸を貫かれ、徐々に死へと向かうところ。

しかし、彼の胸には傷一つなく、手も、足も思うとおりに動く。

どうにも現実感がなく、いまだ長い夢の中にいるかのような、どこかぼんやりとした様子でマクベスは呆然と戦場跡を見ていた。

そんな彼の元に誰かが駆け寄り、声をかけてくる。

「おい、どうした！　勝ったとはいえ、まだここは戦場だ。気を緩めるんじゃない！」

親友のバンクォーだった。

呆然としているマクベスを叱咤するために、馬を急停止させる。

「バンクォー！　お、お前生きているのか？」

マクベスは自らが命じて命を奪ったはずのバンクォーが目の前にいるため、酷く驚いてしまう。

彼を殺したのち、彼の亡霊に脅かされていたこともあった。

しかし、目の前にいる彼は生気に満ちており、頬を紅潮させている。

死んだ彼ではなく、生者である彼が目の前にいることはマクベスの頭を混乱させた。

「ん……？　あぁ、もちろんだ。我々の勝利だからな！」

マクベスが何を言ったのか理解できなかったようなバンクォーだったが、すぐにニカッと笑って見せる。

戸惑うマクベスに対し、バンクォーは今回の戦争で命を落とさずに勝利したことを喜んでいるという意味合いに受け取っていたようだ。

互いの言葉の意味には齟齬があるはずであった。

「……ふふっ」

「……ははっ」

それでも、不思議とかみ合った会話になっており、どちらからともなく笑いだしてしまう。

そこからは、彼とともに王が待つはずであるフォレスへと向かうことになった。

（きっとあれは夢だったんだ。予言などという不確かなものが存在するはずがない）

マクベスは親友である彼と笑い合いながらそう思った。

自分が王になり最後にはマクダフに討たれるという記憶。

それはただの妄想、夢、幻だと自分に言い聞かせて首を横に振った。

二人が進んでいくと、徐々に各所で残党を警戒していた彼らの部下たちも集まってきて、集団になっての移動が始まっていく。

このままゆっくりと向かえばいいだろう——そう思っていた次の瞬間、マクベスはビクリと身体を震わせた。

彼は、先ほどまで自分たちがいたはずの場所とは別の、それこそ異世界、異空間に迷い込んでしまったかのような感覚を受ける。

この感覚に彼は覚えがあった。

「バ、バンクォー……」

緊張感をにじませた表情をしたマクベスは動揺から、思わず友の名を口にしてしまう。

「あぁ、奇妙な者たちがいるな」

呼ばれた彼は視線を前に向けたまま動かさない。

ただ、広い荒野。

周囲には二人が引き連れていた兵がいたはずだが、彼らの姿は一人としてない。

そんな不思議な状況で、二人の視線の先には三人の怪しい人物の姿があった。

黒い目深なローブを纏(まと)ったそれらは不思議な踊(おど)りを舞い、まるで全てをバカにしているかのように、うねうねと動いて来る。

（あれは、予言の魔女だ！）

この瞬間、マクベスは自分が死ぬまでの記憶が本物だったのだということを実感する。

なぜ自分が同じ体験をしているのか、それは理解ができていないが、このような不思議な者たちが夢と現実の両方に現れるはずがない。

そう考えるマクベスは困惑していたが、それと同時に新たな可能性の光が見えたことも感じていた。

もしかしたら、これは神が与えてくれたチャンスなのではないか、と。

そうなのであれば、前回の失敗を繰り返さないようにすれば、自らが戦いで死ぬことはなく、愛しい妻も大切な友も死ぬことはないのかもしれない。

そう確信した彼の目には強い意志が宿っていく。

予言の内容は前回と同様であり、マクベスがコーダーの領主となり、王となるというものだ。

バンクォーが受けたのも、王となるものが子孫に産まれるという同じ内容だった。

魔女たちは好き勝手に予言を告げると姿を消してしまった。

「あんな怪しい者の話を信じるものではない」

バンクォーは、そう言って魔女の予言のことを切り捨てる。

「あぁ、そうだな……」

同意の返事をするマクベスだったが、どうすれば今回の人生を成功に導けるのかと、頭をフル回転させるのだった。


しかし、二度目こそは正々堂々とした人生を生きると誓ったマクベスをあざ笑うように、予言の力はそれを許さず、飲み込んだ。

マクベスは、予言のとおり戦功を認められコーダーの領主となり、再び妻とともに自らの方が王に相応しいと王の命を奪ってスコットランド王へと君臨する。

ただ、前回とは異なり、親友であるバンクォーを裏切ることは絶対にしないと強く誓っていた。

二人の付き合いははるか前からであり、二人は長い時を共に過ごした親友同士である。

だからこそ、今回は王である自分の右腕となって国を盛り立てていってほしい――

そう考えていた。

しかし、そんな思いも見事に打ち砕かれた。

今後のことについて、マクベスが意見を聞こうとバンクォーを自室に呼んで、二人きりで話をしていた時のことである。

「っ――な、なぜ……」

はずだったが、マクベスは床に横たわっていた。

苦し気にうめくその胸には剣が深々と突き刺さっている。

「お前が、お前が、悪いんだ！　お前が王などになるからッ！」

バンクォーは大きく肩で息をしながら、倒れているマクベスを睨みつけている。

まるで親の仇を見るかのような、憎悪に満ちた目。

「バン、クォー……」

悲しいような、むなしいような、様々な思いが込められたこの一言が、マクベスの最期の言葉となった。

自分の血族から王が生まれるという予言を受けたバンクォー。

最初は予言などと馬鹿にしていた彼だったが次第に予言の力に心を支配され、自らの息子が王にふさわしいという考えが頭を埋め尽くしていった。

その結果、信頼してくれていた親友である現王マクベスを信じることができなくなり、その手にかけたのだ。

しかし彼の息子であるフリーアンスが王になったのかどうか。マクベスの物語が終わった以降の話は語られることはない……。


「最近は悪女も悪くないらしい」

シェイクスピアは独り言を呟くと大きくのびをした。もちろん悪女はギリシア悲劇のころから人気ではあるが。

男も女も欲に目がくらむとろくなことはない。

シェイクスピアは、結婚の持参金踏み倒しで裁判に巻き込まれたことを思い出す。約束の金くらい払えばいいだろう、と思うのだが、金を払わずに欲望をかなえたい、という人間はたしかにいる。

そういう人間にとっては、魔女の予言だろうとなんだろうと、利用できるものはなんでも利用するというところだろう。

裁判の相手も普段は気のいい人間だ。欲望にとりつかれるといい人間も悪魔に変わってしまう。

そういう体験は作家にとってなによりのご馳走だった。

そう思いながらシェイクスピアはペンを手にとった。

「――はっ⁉」


意識が覚醒した瞬間、マクベスは慌てて自らの胸に手をあてた。

突き刺される瞬間が酷く印象に残っており、心臓がバクバクと暴れているのが手から伝わってくる。

バンクォーに刺されたはずだが、今は傷一つない身体がある。

それに気づいた瞬間、マクベスは大きく息を吐いた。

(繰り返して、いるのか……)

前回は半信半疑だった。

同じように予言を受けたが、別の道を歩んだことから、最初の人生を夢かなにかだと思い込むようにしていた。

しかし、こう同じことが二度も自らの身に振りかかれば、事実を認めるしかない。

「――どうやら、ノルウェー軍との戦いが終わってから私が死ぬまでが繰り返されているようだな……」

わずか二回しか経験してはいない。

それでも、マクベスにとっては密度の濃い二回だ。このように全く同じ状態から始まることから考えれば、当然この結論に行きつく。

どうしたものかと考えているうちに、今回もバンクォーが合流してきた。

「やったな、マクベス」

「あ、あぁ……」

嬉（うれ）しそうに声をかけてくる彼に対して、引きつった顔をしたマクベスはそれだけ返すのがやっとだった。

一度は自らの命（めい）で命（いのち）を奪い、前回は反対に彼の手によってマクベスの命が奪われた。二つの記憶が頭の中を駆け巡っている。そのため、いつものような応対ができずにいた。

「……どうかしたのか？　顔色が悪いぞ？」

親友であるからこそバンクォーは変化に気づき、マクベスを気遣う。

(目の前のバンクォーは私が殺した彼でも、私を殺した彼でもない)

ひと呼吸おいて、そう考えたマクベスは首を横に振ると、ゆっくりと笑顔を作り出した。

「いや、なんでもないさ。それよりも、今回の勝利は特別なものだ。きっとダンカン王もみなに褒美をくれるだろう」

「おぉ、そうだな。特にお前は今回の戦いにおいて、特別な活躍をしたからきっと他に比べて報酬もいいはずだ」

「だといいな……」

このあとどんな結果が待ち受けているのかを知っているマクベスは、そんな力のない返事をしてしまう。

二人揃ってこのままフォレスへと進んでいけば、再び三人の魔女から予言を受けることになるだろう。それはこれまでの経験で予想できた。

そこからはマクベスがコーダーの領主になり、ダンカン王を殺して王になる。

このままでは一回目、もしくは二回目と同じルートを辿ってしまう。

なんとかしてそれを避ける方法はないか。

だが必死に考えている間に、過去二回と同じく、周囲から人が消え、目の前には三人の魔女が現れていた。二人は予言の魔女たちから再び同じ内容の予言を受け、そのままフォレスへと向かって行くことになった。

その間もマクベスは自らの頭脳をフル回転させて、解決方法を模索する。

「——このような予言を受けたが、私は王になるつもりはない」

思いついた方法は、妻・フィリアへ素直に相談するというものだった。

悩み苦しむ表情でうつむき気味のマクベスはそう吐露する。

「……あなた、なにを言っているのかわかっているの？」

その言葉を聞いた瞬間、フィリアは美しい顔を歪め、マクベスを睨みつけた。

「あぁ、もちろんだ。私はグラームズ、そしてコーダーの領主になることができた。もうそれで十分ではないか。お前にだって今までよりも豊かな暮らしをおくらせてやれるはずだ。だから……」

自分は王になることはない。

そう続けようとしたところで、ガラスが割れる音が部屋に響き渡る。

「だ、大丈夫か……？」

音に驚き、フィリアを心配して顔を上げたマクベスは驚愕の表情に変わる。

音の正体は、フィリアがグラスを思い切り握ったことで割れた際に出たものだった。

愛しい妻の綺麗な手からは割れたガラスに交じってぽたぽたと血が流れている。

「――っていうのに！」

「なんだって……？」

ボソリと何かを呟いたフィリアに近づいたマクベスはどうしたのだと聞き返す。

肩を震わせた彼女は俯いており、声も小さく、彼の耳にまで届かなかった。

「せっかく王になれるっていうのに！　なんであなたはいつもそうなのですか！」

顔を上げて涙を浮かべながら怒りに満ちた表情のフィリアがマクベスを怒鳴りつける。

「ど、どうしたんだ？」

マクベスが驚いたのはただ怒鳴られているからではない。

フィリアの様子が普段とは違う、尋常ではない様子だったからである。

まるでなにかがとりついているかのようで、目が真っ赤に充血している。

「わ、私は、愛するお前という妻がいて、心を許せる友がいて、そして、仕えるべき王に仕えて――そうやって幸せな日々を送れれば満足なのだ。なにも自らの手をむやみに汚す必要はないだろう？」

これまでの人生でマクベスは嫌というほど思い知らされた。

予言というものの恐ろしさを。

マクベスは徐々に予言の呪いのせいでおかしくなっていき、命を奪い、最後には自らの命をも失ったのを覚えている。

だからこそ、今度の人生では、彼女にダンカン王を殺させるなどということをさせたくなかった。

「…………わかりました」

悲痛な思いを込めたマクベスの言葉が届いたのか、ぼんやりとした表情のフィリアは彼の言葉に頷(うなず)いた。

「わかってくれるのか、ありがとう。そうだ、いいワインがあるから一緒に飲もうじゃないか。なにせ、今回は私のコーダーの領主就任祝いでもあるのだからな。私はグラームズとコーダーの二つの地の領主――君はその妻なんだぞ？」

先ほどのヒステリックな様子から一転、おとなしく引き下がってくれたフィリアを見て、なんとか状況を変えることができたと、マクベスはホッとしていた。

気分が良くなったマクベスは、せっかくだからとワインを飲もうとフィリアを誘う。

「うぐっ……!?」

しかし、フィリアに背を向けてワインを取りに行こうとした次の瞬間、うめき声を漏(も)らしてしまった。

目が明滅し、背中がまるで熱を持っているかのように熱い。

次に、痛みがやってくる。

前にも感じたことのある感覚に、マクベスは嫌な予感を覚えながらなんとか振り返った。

「な、なんだ……？」

痛む身体に鞭をうち、ゆっくりと振り返ったマクベスの視線の先には、彼の背中から引き抜いた血濡れのナイフを持って泣いているフィリアの姿があった。

「ッ――強く、賢く、運があって、戦争の英雄で、そして王となるべきあなたはどこにいってしまったのっ⁉　今のあなたは本当のあなたじゃないのよッ！　きっとなにか悪い者にとって代わられてしまったの……だから、私が仇をとるわ！」

ギラギラとした目は真っ赤に充血し、美しく艶やかだった髪を振り乱しているフィリア。

マクベスは、何かを悟ったようにただ妻を見ているしかなかった。

彼女は何かにとりつかれた様子で、ひたすらにマクベスを怒鳴りつけながら、何度も何度もナイフを突き刺していく。

「あ、ああ……ッ……」

やがてマクベスがこらえきれずに苦しみの声を漏らしたところで、急にフィリアが手を止める。

その瞬間、ぽろりと手からナイフが落ちた。

疲れて握る力が弱まったのか、それとも血に濡れて滑り落ちたのか――。

「あ、あああっ、ど、どうして⁉」

しかし、理由はそのどちらでもなかった。

「な、なんで、こんな、こんなことに……！　あなた、あなたあっ！」

正気に戻った妻は、目の前で血だらけになり、死の淵にいるマクベスを見て、涙を流しながら叫んでいる。

傷口を手で押さえようとするが、何度も刺したため、両手では足りないほどである。

「な、泣かなくて、いい……俺は、お前のことを……」

――大事に想っているから。

そう伝えようとして、マクベスはこと切れてしまった。

「あなた、あなた！　いかないで、いっちゃやだめええ！」

しかし、その叫び声もむなしく、妻の腕の中でマクベスはこの世から旅立ってしまう。

その後、泣き疲れた妻は落ちていたナイフを拾って自らの首を切って後を追うことになるが、それは先に亡くなったマクベスには知りえないことだった……。

悲劇は売れる。とシェイクスピアは経験から知っていた。シェイクスピアが若いときにはロンドンの芝居といえば喜劇ばかりだった。

しかも犬に躓（つまず）いて転ぶという類（たぐい）のものだ。

それをシェイクスピアは人間以外舞台にあげないというやり方がうまくいって、いまの地位を築いてきた。

しかし悲劇は苦しい。本当は幸せになったほうが気持ちがいいものだ。しかし観客はそうではない。

泣きに来るからだ。

堂々と泣ける場を提供するのが悲劇の役割だ。

だから今日も悲劇を書く。

しかし、観客が誰も知らないマクベスがあるのもそんなに悪くない。

そしてシェイクスピアは、ジュネヴァを飲んだのだった。


「――またか……」

そして、彼の死にざまや想いとは関係なく、四回目が始まっていく。

もう何度も見た景色を前に、意識を取り戻したマクベスは心底呆（あき）れていた。

自分の人生というのはどうしてこうも悲劇にまみれているのだろうか、と。

最初は王になれたものの、仕えるべき王を自らの手で殺し、親友をも手にかけ、妻は錯乱(さくらん)して死んでしまう。

最後には自らも、マクダフによって討たれてしまった。

二回目は絶対に殺さないと誓った親友に、反対に殺されてしまうこととなった。

そして、三回目である前回は愛する妻の手によって死を迎えてしまった。

「あんな悲しい想いをするのも、それをさせるのも、なかなか辛(つら)いものだな……」

マクベスを刺しながら怒り狂い、死が確実になったところで我に返って泣いていた妻。

自分の愛した妻・フィリアは本来心優しい女性である。

細やかな気配りができる人で、普段住んでいる城、部屋に飾る花の一輪に至るまで取り仕切ってくれていたのも彼女だった。

内助の功というべきか、いつもマクベスが過ごしやすいように、仕事に向かいやすいようにと気にかけてくれていた。

そんなフィリアにあんな顔をさせてしまった。

だからこそ、今回は今までのどれでもない選択肢(せんたくし)を選ぼうと固く決意している。

いく。

「……逃げよう」

そう小さく呟いた次の瞬間には馬を煽(あお)り、マクベスは戦場だった場所を駆け抜けていく。

その方向は、本来向かうべきフォレスとは全く逆の方向だった。

そもそも魔女の予言を受けたからこそ、今までのような形の終焉(しゅうえん)を迎えることになってしまった。

だったら、魔女と会わなければ、予言を受けなければあのような悲劇にまみれることはないのではないか？　――その考えだけが彼を衝動的に動かしていた。

途中すれ違った部下の兵士たちが一心不乱に走り抜ける彼を呆然と見ている。

しかし、なりふり構わずマクベスは走り続ける。

一体どれだけ走ったのかわからないが、とにかく馬を走らせ続けた。

身体中に疲労が襲いかかっている。

もう、このまま走り続けるのは、マクベスも馬も苦痛になってきている。

だから、周囲を確認せずにただ止まって休憩(きゅうけい)をとることにした。

たどり着いた荒野は、ただただ静かだった。

バンクォーも、魔女も、妻も、ダンカン王も、自分を知る誰もいない。

何者からも解放された——そんな感覚を覚える。

ただ風だけが荒野を通りぬけ、その風が撫でた箇所がジンジンとしびれを感じさせて、自分がほとほと疲れているのだなということを実感させた。

なにものにも縛られずに生きている。

そんな思いが心の底から湧いて出てくる。

だが、静寂に満ちた空間の中、ぼんやりとしていたマクベスの耳にトスッという音が聞こえたかと思うと、次の瞬間、胸のあたりに強い痛みが走った。

「……えっ？」

なにが起こったのかわからずに、ゆっくりとマクベスは自分の胸へと視線を落とす。

そこには一本の矢が深々と突き刺さっていた。

「なん、で……」

彼の疑問に続いたのは答えではなく、次の矢だった。

なにが起きたのかわからないマクベスの身体に、二本、三本と次々に矢が突き刺さっていく。

もうその頃には身体を支えることもできず、ゆっくりと落馬してしまう。

「あ、あぁ……逃げるだけでは……ダメ、なのか……」

マクベスは霞(かす)みゆく視界の中で、何か救いを求めるように手を伸ばそうとするが、あっけなくその手は力が抜けて落ちてしまう。

マクベスに矢を放ったのは、今回の戦争におけるノルウェー軍の残党だった。

荒野の岩場に彼らは密(ひそ)かに隠れており、敵将マクベスを見かけて、言葉のとおり一矢報(むく)いようと矢を放っていた。

倒れる時の視界の端にノルウェー軍の兵士の姿が見えたことで状況を理解していたが、同時にマクベスは別のことも理解していた。

(死の運命から、私は逃れることができないのか……)

目も開けられなくなったマクベスの身体は次第に冷たくなっていき、このまま死を迎えることは避けられないことを思い知らされる。

そんな死の淵にあって、彼はどうあがいても死ぬことは決定づけられているのだと、それが自分の運命なのだと、諦(あきら)めとともに察していた。

『ひっひっひ、予言の力から逃れることはできないよ』

それは本当に聞こえたのか、それとも幻聴だったのか。

(なにをしても、なにもしなくても、マクベスという男は死んでしまうのだな……)

諦めの想いのまま、マクベスは静かに息をひきとる。

こうして、四回目の物語が幕を閉じた……。

色々な道を歩んだが、どの選択肢をとってもマクベスは死んでしまった。

どうして、こんな運命を辿らなければならないのか？

どうにかして、自分や妻や友を救うことはできないのか？

うすぼんやりとした意識の中、そんな疑問が泡沫のように浮かんでは消える。

もうこれ以上の繰り返しは、ただただ彼の精神を摩耗させるだけだった。

（さすがに、これ以上は厳しい……）

魂だけの存在となったマクベスは真っ白い空間の中で、涙は流していないものの悲しみに心を支配されて、あまりの絶望にこの先を考える余裕など微塵もなかった。

何度も死を繰り返すうちに、彼はもう自らの物語を紡ぐだけの気力を失ってしまった。

しかし、ここで彼にはなぜか一つの確信めいた予感が湧いてくる。

この繰り返しの人生は次で最後である、と。

（最後、か。だが、本当に終わりなのか……？）

予感だけでは、その疑問を払拭することができない。

だが、そんな疑問を強い感覚が塗りつぶしていく。これがマクベスに与えられた本当に最後の人生である、と。

それが強くなったところで、ふと別のことを考え始める。

（にしても、本当に……さっきの終わり方は少々無様だったよな）

つい先ほど終えた四回目の人生の終わり。

誰とも知れない兵士に、その顔すら見ることも敵わないまま死んでしまった。

後世の者が語るとしたら、ノルウェー軍との戦争の英雄マクベスは、名もなき兵士に命を奪われた、と言われるだろう。

情けない人生を送り、そうして歴史に埋もれていく。もしマクベスの話を聞いたものがいれば、嘲笑が漏れるだろう。

（そんな格好の悪いことがあってたまるか！）

「――だったら、私のできる全てで、本気の本気で予言に抗ってみるとしようじゃないか」

そう決意した瞬間、魂だけの存在だったマクベスは人の形を取り戻し、力強く言葉を発していた。

なぜ彼はこのような人生を繰り返したのだろうか?

世の中に知られているマクベスの物語は、一回目のもので終わりである。

しかし、作者であるシェイクスピアは納得がいかずに、マクベスを何度か書き直したことがあった——と言われている。

それが二回目から四回目の物語。

だがどれも途中でシェイクスピアが書くのをやめてしまったために、ただただマクベスが苦しむだけの物語になってしまった。

そんな話を書いていくなかで、後世にまで残ったのが世に名高い『マクベス』である。

そんなシェイクスピアには一つの想いがあった。

悲劇にまみれたマクベスたちにどうにかしてハッピーエンドを見せてあげたい。

彼らを幸せにする物語があってもいいのではないか?

最終的に形になることはなかったが、シェイクスピアの人生の中で、それは確かに存在した想いだった。

それが語られるのが、これから始まるマクベス五回目の人生……。

これは幸せに向かって歩む、悲劇ではない、別の可能性を秘めた『マクベス』。

マクベスという人物を作り上げたシェイクスピアが望んだ最高の結末を描く舞台として、これ以外の物語はもう存在しない。

だからこそ、主人公マクベスはこの最後の物語を自らの手で最高の結末へと向かわせなければならない。

それは果(は)たして幸福で終わるのか、悲劇で終わるのか。

今、最後の幕が開く……。

第二話　最後の人生

五度目の目覚め。

始まりはいつもと同じ、ノルウェー軍との戦いにおいて、マクベスたちスコットランド軍が勝利したあとである。

ノルウェー軍を追い込んでいたが、コーダーの領主マクドンウォルドが裏切ったことで状況が一変しそうになった。

そこをマクベスたちが斬りこんでいき、勝利へと導いたのが今回の戦争である。

「あぁ、今回もここからだな」

強い決意を秘めたまなざしのマクベスはゆっくりと周囲を見回し、ここが戦場だったことを改めて確認する。

再びこの地に戻って来た。

深く、大きく、胸いっぱいに息を吸う。

土と血と鉄の、戦場の匂いがする。

「これが、我がスコットランドの地か」

かみしめるようにつぶやいたマクベスは不思議な感覚を覚えていた。

生まれてから今まで、彼はスコットランドから出たことがない。

それにもかかわらず、ここにいることを新鮮に感じられていた。

「本当に、最後なんだな……」

だからこそ繰り返しの終着点であることをまざまざと思い知らされている。

これほどまでに、今いる世界をしっかりと実感できるのは初めてだった。

思い返してみれば、今までの人生はモノクロで、今は色がついた世界のようでもあった。

今まではどのようにもがいても、魔女の予言という、既存の物語に沿って行動させられていた。

しかし、この最後の五番目の物語は、違う。

だから、彼は自ら考え行動する、ただ一人のマクベスとしてこの地に降り立っていた。

（今の私ならば、きっとやれるはずだ……）

これまでのように流されていた思考ではなく、ただ漫然と魔女の予言に怯えるわけでもなく、幸せになりたいという明確な目標があるからか、思考がクリアになっているのを感じる。

今の自分だったら、しっかりと予言と向き合っていけるのではないか、そんな予感がしていた。

（そのためには……）

まず一つ目の問題を回避しなければ、と考えたマクベスは北に視線を向けた。

勝利した彼らスコットランド軍は、北にあるフォレスへと向かうように言われている。

これまでもそうしていたように、当然マクベスもそこへ向かうことになる。

「だが、このままではまずいな……」

首を緩く振った彼はここで思いとどまった。

同じ道を行けば、親友であるバンクォーと合流し、彼とともに魔女からの予言を受けることになってしまうだろう。

残党に殺された四回目を除けば、いつもバンクォーとともに予言を聞いていた。

（もし私に対する予言を彼が聞かなければ、私が彼に対する予言を聞かなければ、なにかが変わっていくのではないだろうか？）

　そう判断すると、むやみやたらに逃げ出すわけではなく、マクベスは狙って、わざと道から外れていく。

　途中すれ違った数人の兵士が怪訝な顔をするが、構わずにマクベスはどんどん進む。

　マクベスは北へは向かっており、時間はかかるものの、フォレスには到着するはずの回り道に馬を走らせていた。

　なおかつバンクォーもこのような外れた道にはこないだろうという予想である。

「さすがにここまでは誰もこないだろう……」

　北のフォレスに向かう馬の上で、マクベスは周囲から人の気配を感じないことを冷静に感じ取っていた。

　荒野に突き進んだ前回はあの場所から逃げることばかりに囚われ、周りの残党に気を配る余裕がなかったが、今回は違う。

　マクベスは颯爽と森の中を駆け、馬を休ませるようにゆっくりとした歩みへと変えていく。

（ここなら落ち着いて考えられるな。まずは今回の人生の目的を明確にしていこう）

「――まずフィリアが死なずに一緒に幸せに暮らすこと。これは絶対だ」

あえて言葉にすることで、必ずやり遂げると強く誓う。

彼にとって妻は最愛の存在であり、心の支えであり、よりどころであった。

そんな彼女を失うことの辛さを経験してきたマクベスは、二度と同じ喪失感を味わいたくなかった。

「次に、王の命を奪わないこと」

これも譲れない条件だった。

自らの欲望を満たすために仕えるはずの王の命を奪うなどということは騎士道にもとる言語道断の行いである。

「あとは、バンクォー。あいつにも生きていてもらいたい」

ここに至るまで多くの困難をともに乗り越えて来た親友である彼とともに、これからの世界を生きていきたい。

口にしてみればたった三つの条件である。

しかし、四度の死を越えて来たマクベスはそれを達成する難しさを感じ取っていた。

思わず、ごくりと喉がなる。

気づけば、いつの間にか口の中がカラカラに渇いており、水分を少しでも、と求めてつばを飲みこんだ音でマクベスは我に返った。

(静かだな)

森を抜けてたどり着いた小高い丘。

改めてこの場所を見回すと、一本の木と寂れた廃墟のような建物があるだけだ。静寂に包まれたここは、まるで世界に一人になってしまったのではないかと錯覚させる。

「──いや、静かすぎるな」

先ほどまで吹き付けていた風の音も聞こえない。

鳥の声も聞こえない。

まるで外界から遮断された空間に迷い込んだかのようだった。

(これは……あいつらが来るな)

この不思議な感覚、覚えがあった。

何度も味わった、不快な空気。

(……あいつらだ)

前方にある建物の影が次第に人の影のような形をとりながらうねうねと動き、近づいて来るのが見えた。

建物が姿を消し、次の瞬間、丘であったこの場所が荒野へと変わっていく。

（馬鹿なっ！　ば、場所まで変化するとは……）

現れたのはやはり予言の魔女たちだった。

黒いローブを纏い、黒い頭巾をかぶり、黒いマントを身に着けている。

頭巾の下から覗かせる顔は、水分という水分が奪われているようであり、指も唇もひび割れている。

女のようではあるが、口ひげを生やしているところが断言させない奇妙さを持っていた。

（以前の私なら、お前たちは何者だ、と質問したであろうな）

しかし、今回のマクベスはこの三人の正体がわかっている。口を開くことなく彼女たちの言葉を警戒しながら静かに待った。

「ひっひっひ。マクベス、いやマクベス様。今日はあなたにお祝いを言いに来ましたよ、マクベス様。いっひっひ」

気味の悪い笑顔を浮かべながら魔女の一人がそんなことを言う。

対して、マクベスは予想どおりの言葉であるため、無言でただ魔女たちを見るだけだ。

「マクベス様にお祝い申し上げます。グラームズの領主、マクベス様！」

「マクベス様にお祝い申し上げます。コーダーの領主、マクベス様！」

「マクベス様にお祝い申し上げます。いずれ王となる、マクベス様！」

マクベスはグラームズの領主である。

コーダーは今回の戦いにおいてスコットランドを裏切った将マクドンウォルドが治めている。

こちらが恩賞によってマクベスに与えられるのもわかっている。

そして、最後の言葉――これが最も厄介なものだった。

「ほう、王となる、とな」

ここで初めてマクベスは興味深そうに返事をした。あくまで振りではあるが、これは魔女の反応を誘うためのものである。

「そうです、あなたは王になるにふさわしいお方です！」

気を良くした魔女の一人がお世辞を口にする。

マクベスは顔には感情を乗せず、心の中でニヤリと笑う。

（やはり、同じ予言だったか）

全く別の予言をされるようなことがあれば対処が難しくなる。

しかし、同じ予言を受けた人生を三度送っているマクベスならば、考えを巡らせることも難しくない。

「わかった、その予言ありがたく頂戴しよう」

この返事に満足したのか、魔女たちは先ほどと同じようなニヤニヤした笑顔を浮かべると、まるで泡のようにこの場所から消え去ってしまった。それと同時に、荒野から元の丘の上へと戻って行く。

（やはりあの者たちはこの世にあって、この世ならざる存在なのだろうな）

そんな者たちを相手にしなければならないと考えると、気が重くなってくる。

しかしマクベスはその気持ちを振り払おうと何度か首を横に振った。

「少し疲れたな」

そう言ってゆっくりと馬から降りた。馬上に居続けるのは身体に負担をかけるため、少し休みたかった。

その時、何者かの足音が近づいて来た。

「ッ――何者だ！」

完全に油断をしていたマクベスは、驚きから強く身体を動かし、思っていた以上に大きな声を出してしまった。

「ふふっ、そんなに大きな声を出さなくても聞こえるわよ。それより、あの三人はもう行ってしまったのかしら？」

振り向いたマクベスに、楽しそうに笑う若い女の声が聞こえてきた。

ゆっくりと姿を現したのは、黒い、まるで喪服のような服に身を包み、大きなつばの黒い帽子が顔を隠している、そんな細身の女だった。

いまだ別空間にいるかのような違和感を覚えているマクベスに、直感がささやきかける。

（この女も魔女だ）

先に現れた予言の魔女たちとはタイプが違うようだったが、やはり人ならざる者だというのは同じなのだろうと、頬を冷たいものがつたった。

先ほどの魔女たちは頭巾を目深にかぶっていながら顔が見えていた。

だが、この魔女は顔が隠れていて、確認することができない。それが余計に不気味さを感じさせる。

「お前は何者だ！」

焦りと緊張からこわばった表情をしたマクベスが改めて質問を投げかける。

これまでの人生の中で、この四人目の魔女に会ったのは初めてのことである。がゆえに、決して油断できない。

一瞬の気のゆるみが失敗に繋がる。

今回はその失敗は決して許されない。きっと、最後なのだから。

「あらあら、怖がらないで。私も魔女よ、ただ、さっきの予言の三魔女とは少し種類が違うのだけれど」

妖艶な口元だけがマクベスから見えるが、そこから紡がれる声はどこか心地よさがある。

「その魔女がなんの用だ？」

しかし、魔女の違いなど判らないマクベスは警戒心を解かず、ギロリと睨みつけた。

「ふふっ、あなた可愛いわね」

マクベスがまばたきをした、その一瞬のうちに魔女は目の前に移動してきている。

「なっ⁉」

帽子がなければあと少しで呼吸が届くというところまで距離を詰められてしまったため、ぎょっとしたマクベスは慌てて後ろに飛びのいた。

「反応まで可愛らしい……それにしてもあなた、面白い運命をしているわ。あなたが存在しているだけで、あの三人の予言が揺らいでいるようにも見える……」

避けられても容赦なく近づいた魔女は興味深そうにマクベスを指さしてそう告げる。

「な、なにが見えているというのだ……？」

帽子で隠れているため完全には分からないが、明らかに彼女の視線はマクベスの顔を通り越して、彼の背後を見ていた。

「あの魔女たちの予言の力というものは、ある種呪いのようなものよ。予言を受けたあなたの背後には、その力が黒いモヤのようにかかっている。ただ、あなたはこの世界で唯一〝熱〟を持っているわ。それが力を不完全にさせて揺らぎのようにみせているのね」

ふうん、と興味深そうに魔女は口角を上げげた。

一方、マクベスは怪訝な表情で自分の後ろを見ようとくるくると回っている。

「ふふっ、そんな風にしても見えないわ。魔女の予言の力を見ることができるのは魔女だけよ」

マクベスの動きがおかしかったのか、魔女は楽しそうに笑った。

その様子からは予言の魔女のような汚さ、恐ろしさはなく、一人の女性が話しているようにも見えてしまう。

「そ、そうなのか」

彼女への警戒心が少し薄れてきている。そのことに対する居心地の悪さを感じていた。

それゆえに、彼は視線を逸らしながら返事をする。

「ふふっ、あなたのこと気に入ったから、一つ協力してあげてもいいわよ」

そう言いながら魔女はマントからなにかを取り出した。

「それは？」

マクベスは反射的に質問する。

魔女の黒い手袋に包まれた左右の手のひらに一つずつのせられたソレらは、金色の光を放つ玉のようであったが、それがなんなのかまではわからない。

「これは〝魔眼〟。さっきも言ったように、通常の人の眼では予言の力を見ることができない。でも、これを使えばあなたでも見ることができる」

魔女ゆえに怪しさがある。

それでも神々しい光を放つ魔眼に、マクベスは惹かれていた。

「後出しは嫌いだから先にいくつか説明しておくわ。この眼をあなたが受け取れば、私が言うように予言の力を見ることができる。誰が予言の力を色濃く受けているのか、それがわかればどうすればいいのかが賢いあなたならわかるでしょう？」

それを聞いてマクベスは頷きかけて、すぐに首を傾げてしまう。

「……見ることができるだけなのか？」

その力を見ることができたとして、対策がうてないのであればなんの意味もないのではないか。

「――そう、ね。魔眼を持っているだけでは、力を見ることができても消すことはできないわ。ただ、さっきも言ったようにあなたは世界で唯一熱を持っているの。あなたなら、予言の力を打ち消すことができるかもしれない」

「本当か？」

魔女の言葉に対して、マクベスは食い気味に質問する。

「せっかちね……かもしれない、と言っただけよ。可能性の話はできるけれど、確信はもてない。私も魔女とはいえ、予言の魔女に比べて力は弱いから……」

魔女は少し悲しそうに顔を横に逸らしている。

「そう、なのか？　いや、力を見られるだけでもありがたい。誰が予言の力に突き動かされているのかがわかればやりようもあるだろう……その魔眼、譲ってもらえるのか？」

魔眼を見せてはくれたものの、魔女は譲ってくれるとは言っていない。

しかも常人には見えないものが見えるようになるものなどタダではないだろうこと

はマクベスもわかっていた。

（できることはなんでもしよう……）

この予言を回避して自分の大切なものを守るためならば、相応の対価を支払わなければならない。そのことを覚悟しているマクベスは、じっと魔女の返事を待っていた。

「そんな真剣な表情をしなくてもあなたにあげるわ」

クスリと笑った魔女にそう言われて、マクベスは彼女のことを怪しむ。

魔眼などというものの存在は物語に出てくる以外に聞いたことがない。

そして、その能力が確かなものであるとしたらタダでくれるなどということがあるわけがない。

そう考えたマクベスは重々しく口を開く。

「そんなわけはないだろう……条件はなんだ？」

今回のマクベスは守りたいものを明確に決めている。

それを害するようであれば、どれほど力を持つ魔眼だったとしても条件を受け入れることはできない。

「条件、ね。ふふっ、慎重なところはなかなか好きよ。でもね、私はなにも求めないわ。ただあなたがこの縛られた世界でどのように生きていくのかを見せてくれれば十分」

楽しそうに笑った魔女は魔眼をマクベスへと渡す。

「私の言ったことを信じるなら、そのまま自分の目に当てれば吸収されるわ。ただ、この眼も万能というわけではないことを忘れないで。まず、自分自身に降りかかっている予言の力は見ることができない。そして、魔女の予言の強制力は相当強いから、見えるからといってその力に対してなにかをするには相応の覚悟(かくご)が必要になるはず」

「覚悟……」

魔女の言葉を繰り返すマクベス。

「生命力を燃やす、と言った方がいいかしら」

覚悟などというものは既(すで)に決まり切っており、なにがなんでも最高の結末にたどり着くまで。

「——その程度で運命を変えることができるのであれば、私はいくらでも覚悟を決めよう。今度こそ……」

マクベスは魔眼を受け取っていない手のひらをギリッと血が滲(にじ)みそうなほど力強く握(にぎ)る。

「……もう一つだけ制限があるのだけれど、それは私の本当の顔が見えなくなるというものよ。私の顔は、それはそれはとても醜くて、人に見せるようなものではないの」

そう言われたマクベスは、魔女の顔をこれまで一度として見ていないことに気づく。

「まあ、私の顔がわからないところであなたにはなんの影響もないわね。さあ、それを目にあてててちょうだい」

マクベスは手にのっている魔眼に視線を落とす。

いまだに、その二つは光を放っていた。

「わかった……」

この程度でひるんでいてはなにも成すことはできない。

それに、マクベスは根拠がないもののこの魔女が悪意を持っていないと感じ取っていた。

一度深呼吸をすると、魔眼をゆっくりと自らの目にあてていく。

魔眼が、スーッとマクベスの目と同化していく。

「くっ」

なじんだと思った次の瞬間、襲い来る一瞬の痛み。

そして身体の中へと異物が侵入してくる確かな違和感。

しかしそれらもすぐに消えていき、マクベスはゆっくりと目を開いていく。

「………」

周囲に大きな変化はない。

しかし、先ほどまで予言の三魔女がいた場所に黒いモヤがかかっているのが見えた。

「あれは……」

「そう、あれが予言の力よ。それと同じものがあなたを取り巻いている」

声をかけてきた魔女を見ると、彼女は先ほどまで深々とかぶっていた帽子を外している。

魔女の姿は誰が見ても美人といえるもので、マクベスは思わずきょとんとしてしまう。

「なんだ、綺麗な顔をしているじゃないか」

思わずマクベスの口から出たのはシンプルな感想だった。

無意識に言ってしまったため、ハッとなって口を押さえる。

妻以外にそんな感情を抱いたのは初めてだった。

「そう？　ありがとう、でもこれは偽りの顔だし、そんな言葉は妻がいる人間が口にするべきではないわよ」

妖艶にほほ笑む魔女にそう指摘されたマクベスは、自覚していただけに、バツが悪そうに眼をそらしてしまう。

「――とにかくこれで私の用事は終わりよ。あなたとはもう会うことはないかもしれないけれど、せいぜい頑張ってちょうだい」

徐々に魔女の言葉は遠くなっていく。

それを感じたマクベスが慌てて振り向くと、そこには既に魔女の姿はなかった。

「ふむ……魔女というのは風のようだな」

風が吹けばその存在を感じることができる。

しかし気づかないうちにどこかにいってしまう。

そんなことをマクベスが呟いていると、馬がかけてくる音が耳に届く。

「マクベス殿！」

「こちらにいらっしゃったのか！」

それはともにスコットランド貴族のロスとアンガスだった。

二人がマクベスのもとへとやってきたのは偶然見かけたからではない。

マクベスを探していたためである。そうでもなければ、このように外れた道を進んでいる彼のもとへやってくるわけがなかった。

「ロスにアンガス、二人ともそんなに息をきらしてどうしたんだ？」

やってきた理由はもちろん知っている。

しかし、それを悟られないようにわざと驚いたような表情を見せている。

「はあはあ、いやあ、あなたに是非お伝えしなければならないと、急いできた次第です。まさかこのような場所におられるとは……」

先に話しかけてきたのはロス。

やや恰幅がよく、肥え太った貴族という言葉がぴったりである。

今も額には大粒の汗を浮かべており、話しながらも何度も大きく息を吸っている。

「マクベス殿。我が国の勝利です！」

言いたいことをやっと言えたと嬉しそうなアンガスは簡潔に結果から話していく。

こちらはロスとは正反対にひょろりと細長く、神経質そうな貴族だ。

「おぉ、それはよかった。敵がひいたのはわかっていたが、戦場にいては確実な結果まではわからなかったからな」

マクベスは笑顔でもっともらしいことを言って、アンガスにあわせていく。

「ノルウェー軍の王は和睦を求めてきたのです！　それに対して、我らが国王陛下は一万ドルの賠償を払うまでは部下の埋葬も許さないという条件をお出しになられました。これは我々の完全勝利です！」

よほど興奮しているのか、アンガスは頬を紅潮させながら言う。

今回の戦争は大きなものだった。

そして今回の結果は彼をこれだけ興奮させてしまうほどの大勝利だったのだ。

「まことにめでたい限りだ。いや、めでたい限りですな、マクベス閣下！　閣下は獅子奮迅の大活躍だったときいておりますぞ！」

先ほどまではマクベス『殿』だったが、媚びるような手こすりまでしているロスはここにきて呼び方を変えてくる。

「報告によれば、閣下は反乱軍を相手に、真正面から斬りこんで次々に兵士たちを斬り倒したとのこと。戦場から入る報告に国王陛下は言葉も出ないようでした！　しかも新たに現れた屈強なノルウェー軍にもひるまずにそちらでも大活躍をしたと聞いております。我々も同じ国の者として閣下の活躍は鼻が高いですぞ！」

ここまでにじむ汗に構うことなく鼻息荒く言ったロスは満足そうに何度も頷いていた。

「……反乱軍、か」

それがマクドンウォルドであることは既にマクベスは知っている。

反乱軍を倒したことでコーダーの領地が与えられることも……。

「反乱軍を率いていたのはコーダーの領主のマクドン……いや、名前を口にするのも汚らわしいですね。とにかく、コーダーはマクベス閣下の領地となるとのことです。おめでとうございます、マクベス閣下！」

ここで今回の人生では初めて他者から、マクベスがコーダーの領主になったということが明かされる。

だが予言のとおりではあり、やはり今回も同じ人生を繰り返していることを実感する。

「まさか私がそのような多大な恩賞をいただけるとは」

「はっはっは、なにをおっしゃる。閣下ほどの活躍をなされていれば当然のことではありませんか！」

「そうですぞ。コーダー領主マクベス閣下ばんざーい！」

「ばんざーい！」

冷静なマクベスをよそに、ロスとアンガスは万歳をして盛り上がっている。

戦争での勝利。

そして英雄への報告任務という大役が二人の気持ちを高ぶらせていた。

「ありがとう。だが、まだここは完全には戦場から出ていない。二人とも決して油断しないように」

彼らの喜びを受け取ったうえで、あくまでマクベスは冷静に状況を読んでいる——という風に見せていた。

「おぉ、さすがはマクベス閣下。勝利したといえども油断をしないというのは実に頼もしい限りですな」

「まことに！　やはり、こうでなければ英雄になどなれないのでしょうな」

マクベスの言葉になにやら納得した二人は何度も頷いている。

「そうそう、勝利の報告以外にも伝えねばならぬことがありました。国王陛下は既に船でフォレスの離宮へと向かわれました。閣下も急ぎ向かって下さい。恩賞についても、恐らくは陛下御自身から話があると思われます」

「では、我々はこれで失礼します！」

まくし立てるように伝令の役目を終えると、二人は馬を走らせてどこかへと行ってしまった。

恐らくは他にも伝令を伝えなければならない相手がいるのだろう。

そんな二人の背中を見送りながらマクベスはポツリとこぼす。

「――私の領地はグラームズ、そしてコーダーが加わる。ここまでは予言のとおり……」

マクドンウォルドが裏切ったこと、コーダーの領主にマクベスがなるということ、そしてダンカン王がフォレスの離宮へと向かったこと。

いつもと違うことといえば、今までは二人はマクベスとともにフォレスの離宮へと向かっていたが、今回は別ということくらいである。

「だが、ここからはきっと違う運命になるはずだ――いや、してみせる」

それは自分自身に言い聞かせているかのような言葉であった。

一息ついたマクベスは本来の道へと馬を向ける。

「元の道に戻るとしよう……」

既に予言は聞き終えた。

バンクォーが同じように予言を受けるにしても、恐らくはやりとりは終了しているはずだ。

もしそうならば、彼と合流しても問題はない。

今回こんな場所にまで一人で来た理由は、バンクォーとは別々で予言を聞くためだったからだ。

それをクリアした今であれば、バンクォーとともにフォレスの離宮へと向かうのが自然であると思えた。

少し馬を急がせて戻ると、バンクォーと兵士たちの姿が見える。

遠くから声を出すのもおかしなものだと思い、マクベスは更に速度を上げてバンクォーの隣へと移動していく。

「おぉ、マクベスではないか」

「あぁ、バンクォー。やっと追いついたよ」

ふっと笑ったマクベスはバンクォーを捜していたかのような物言いをする。

「私もお前を見つけようとしたのだが、兵士に聞くとなにやら思いつめた顔をして道を外れていったというのでな。今回の戦争で思うことでもあったのだろうと、追いかけることをやめたのだ。一人で考えたいことでもあったのだろう?」

バンクォーはマクベスの無事な姿を見て嬉しそうに笑う。

もともとマクベスは色々なことを考えこんでしまう節があり、今回もそれの一環なのだろうと親友だからこその理解を示していた。

「あぁ、ここで戦ったのだなという感傷に浸っていたのと、他に残党がいないかを少し見て回っていた。幸いこちら側にはそれと思しきものはいなかった。これで安心して進めると思って、君との合流をと考えたのだ」

　心地よい親友の配慮を感じたマクベスはよどみなく答える。

「なるほど。確かに、あれほどの規模の戦争であれば全ての兵士を掃討できたわけもない。しかも、死を覚悟しているとあれば思いもかけない反撃をしてくるかもしれないしな」

　マクベスの言葉を聞いたバンクォーはさすがマクベスだと納得している様子である。

　しかし、当のマクベスは彼の言葉に気まずさを覚えていた。

（その残党による思いもかけない反撃に殺されたのが前回の私なんだ……）

　この経験があったからこそ、残党という言葉がスラスラと出ていた。

　それから、ふと顔をあげて遠くを見るふりをしたマクベスは、気づかれない程度に横にいるバンクォーの様子をうかがった。

（やはりバンクォーも予言を受けていたか）

　バンクォーの身体を、黒いもやが取り巻いていた。

　その禍々しさに眉根を寄せながらも、これを打ち破っていかなければ、とマクベスは決意を新たに表情を引き締めた。

第三話　任命

夕方になってフォレスに到着した一行。

いつの間にか合流していたロスとアンガスの二人が先に王城へと入っていく。

マクベスたちは部下の兵士たちもいたため、場外にある広場でともに待機していた。

「先に入っていった二人から聞いたのだが、どうやらお前に大きな褒美(ほうび)が与えられるようだな」

部下たちから少し離れた位置にいるマクベスへ、笑顔のバンクォーが話しかけてくる。

ロスとアンガスは、マクベスにしたように何人かの将にも伝達をしていた。

その中で、マクベスと最も仲の良いバンクォーに対しては口を滑(すべ)らせたらしく、コーダーの領主になることを既(すで)に話してしまっていたようだった。

「あぁ、そう聞いている。実際にどうなるのかはわからないが……なんにせよ、今回の戦いのことを評価されたのは光栄であるし、誇らしく思うよ」

マクベスは視線を合わさずに、優等生的発言をする。

「あ、あぁ、そうか」

そんなマクベスに対してバンクォーは、何かを戸惑っているようだ。

一方マクベスは会話をしてはいるものの、周囲を警戒しながら見回しており、ずっとなにかを気にしている。

「な、なあ」

「しっ……」

マクベスが知る限りでは、予言を受けているのはマクベスとバンクォーだけである。

しかし、ここに来てから予言の力を示すあの黒いモヤが、隣にいるバンクォー以外からも出ているように見えていた。

それが誰なのか、探るために部下の兵士たちを含めて確認している。

周囲に厳しい目を向けていたマクベスだったが、その答えが出る前にロスが国王からの指示を伝えに戻って来た。

「お待たせしました。マクベス閣下……いえ、マクベス殿とバンクォー殿は控えの間で着替えをしたのちに、大広間にまいれとの陛下のお言葉です。まずは汚れをそちらの泉で落とされるとよいでしょう。では」

　話すことだけ話すと、ロスは再び中へと戻っていった。

「ふむ、それでは私たちは身体（からだ）を洗い流しに行くとして……みんな、私とバンクォーは王に呼ばれた。お前たちはしばらくここで待機してもらうこととなるが、鎧（よろい）などは脱（ぬ）いで楽な格好をしてくれて構わない。もし誰かに咎（とが）められるようなことがあれば、マクベスから指示を受けたと言うといい」

　マクベスは少し考えてから部下たちへ気遣いの言葉をかける。

　以前の時は部下に気を遣う余裕もなく、ただ二人で王に会いに向かってしまったことを思い出して、今回は指示をだした。

　指示がなければ、彼らは鎧などを身に着けたまま、勝手に休むこともできずに待機しておくことになってしまうだろうことは容易（ようい）にわかる。

「あ、ありがとうございますっ！」

　部下たちを代表して、感激に打ち震えている様子の騎兵隊長のマックスが礼を言う。

　彼のことはマクベスも信頼しており、最初の戦いでも彼はマクベスとともにあった。

「たっぷりのエールも忘れるな」

　笑顔とともにつけ加える。疲れをいやすにはなんと言ってもエールである。

「はい」

マックスは喜びの表情とともに去って行った。これで安心して酒盛りができるだろう。

「ではバンクォー、我々も行こう」

そうして二人は泉で身体を清めてから、城内にある控室へと向かって行く。

着替えは既に用意されており、王の従者の手伝いによって二人はまっさらな服に袖を通していく。

「……しかし、これほどに手厚く用意されているとは思わなかったな」

マクベスは前回も思ったことを口にする。

用意されていた服は全て上等な生地が使われ、王族が身に着けるようなものだった。

「まったくなにを言う。お前は今回の戦いの立役者だ。王もそのことを認め評価をしているからこその用意だ。当然の対応だと私は思っているぞ」

対して、あきれ交じりのバンクォーはマクベスのことを持ち上げてくる。

実際、今回の戦いにおいてマクベスの活躍は、他の武将と比べても頭一つ、それ以上に飛びぬけていた。

ノルウェー軍は北にあるフォレスのあたりから侵攻してくる――誰もがそう考えて

いた。

だが、唯一マクベスだけが都に近いファイフ近辺の海岸に来ると予想して、そのことをダンカン王に進言していた。

そこで、数々の武勇を誇るマクベスのことをダンカン王も信頼していたため、この重要な戦いの命運を彼に託すことにしたのだ。

実際、ノルウェー軍はその通りに攻め込んできたため、事前に十分な配備ができていたスコットランド軍は見事に勝利をおさめることとなる。

「確かにノルウェー軍が南から来ると予想はしたが、あの程度のことなら誰しもがいつか思いつく。私は当たり前のことを、ただ少し早く言ったに過ぎない」

マクベスからするといささか過大な評価である。

「はあ……お前というやつは本当に自分の戦術眼の価値を理解していないのだな。まあ、なんにせよすぐに王から直々に話を聞けるだろう。それで全てがわかるはずだ」

一方ため息交じりのバンクォーは友が認められるに足る人物であると考えている。

「そんなものか……手伝いありがとう。そろそろ行くとする」

親友の言葉にとりあえず納得したマクベスは王の従者に礼を言うと、表情を引き締めた。

「おいおい、今日の主役がそんな険しい表情をしてどうする。もっと気楽に行こうじゃないか。褒められることしかないのだからな」

へらりと笑ったバンクォーは、自身には大きな話はないと高をくくっているため、まるで他人事のような反応を見せた。

「そうは言ってもだな……」

マクベスが注意を口にしようとするが、扉が開かれたためそこで言葉を止めた。

バンクォーも表情は緩んでいるものの、口を閉じて案内に従って大広間へと向かう。

ひと際大きな扉が開けられ、二人が大広間に入っていくと、奥の玉座にはダンカン王が、その両隣には細身の第一王子のマルカム、屈強な身体をした第二王子のドナルベインが座っていた。

さらに、マルカム王子から離れた手前の位置にはスコットランド貴族のレノックス。

マクベスとバンクォーが入っていくと、そのレノックスが立ち上がった。

「王国の太陽、ダンカン王にお目にかかれること光栄です」

マクベスが先に挨拶をし、頭を下げる。

「王国の太陽、ダンカン王にお目にかかれること光栄です」

隣のバンクォーも同じように挨拶をしていく。

「よいよい、そのような堅苦（かたくる）しい挨拶など無用だ。そんなことよりも、私はマクベス、お前のような頼もしい将が部下にいることを誇りに思う」

玉座にゆったりと腰かけているダンカン王はご満悦（まんえつ）のようで、これ以上ない笑顔を二人に見せた。

そこから、玉座より立ち上がるとマクベスの前まで移動していく。

「はっ、ありがたきお言葉です」

近づいてきたダンカン王に対して、マクベスが恭（うやうや）しく頭を下げる。

「して、既に恩賞の話は聞いたか？　お主が受けるべき今回の報酬（ほうしゅう）は私の全てをなげうっても足りないほどではある。だが、今回は裏切り者のマクドンウォルドの持つコーダーの領地をそちのものとすることで許してほしい。足りずに不満と思うか？」

ご機嫌（きげん）なダンカン王のその言葉を受けて、真剣な表情のマクベスは顔をあげた。

「陛下にお仕（つか）えできるだけで十分でございます。そのうえ恩賞までいただけるのは、身に余りすぎる光栄です」

「欲のないことだ。では領地を受け取るといい」

ダンカン王は驕（おご）ることのないマクベスの反応に気を良くして何度も頷（うなず）いている。

すると、今度はバンクォーに視線を向ける。

「バンクォー、むろんそちにも恩賞を考えてある。マクベスだけなのか？　などと心配をする必要はないぞ」

ダンカン王は少し意地悪く、バンクォーをからかうように言うと、彼の両肩に手を置いてからポンポンと叩(たた)く。

「恩賞のことなど、お考えにならぬよう。私も王にお仕えできるだけで十分でございます」

マクベスの言葉を借りて、バンクォーも同じように現在の状況こそが自分にとっては誇らしいものであると語る。

「はっはっは、二人ともたてた武功に対して謙遜(けんそん)がすぎるぞ。安心していい、先ほども言ったが、そちたちには十分な恩賞をしっかりと用意しているからな」

大笑いしながらそう言うと、足取り軽くダンカン王は自らの席へと戻っていく。

「時にマルカムよ、マクドンウォルドの処刑は済んだのか？」

着席と同時に、ダンカン王は第一王子に問いかける。

「ええ、既に終わったようです。片付けなどがあるため、処刑人たちはそちらにかかっているようですが、処刑を見た者から話を聞きました」

静かに頷いたマルカム王子がよどみなく冷静に答えていく。

「ほう、そうだったか。それで、その者はなんと申していた？」

「はい、マクドンウォルドは反逆を認め、陛下のお許しを請おうと涙ながらに後悔を語っていたとのことです」

あくまで淡々と、自身の意志を介在させないようにして言葉を紡ぐ。

「……そうか。あの者には信頼を寄せていただけに、余は残念でならない」

ダンカン王は悲しげな表情になる。

しかし、それも数秒ですぐに明るい表情を取り戻した。

「おぉ、そうだ。マクベスにも話しておかなければならないことがあるのだ。余はここにいる長男のマルカムを王太子と定め、カンバーランド公の称号を授けることにした」

この言葉は、王の隣に座っている細身のまだあどけない顔立ちの青年が次の王になることを示していた。

「それはめでたきことでございます。ダンカン王、並びにマルカムカンバーランド公、お慶び申し上げます」

マクベスは膝をついて恭しく頭を下げた。

隣にいたバンクォーもそれに倣って頭を下げる。

「はっはっは、マクベスならそう言ってくれると思っていたぞ。これからも私や息子たちに力を貸してほしい」

この反応を見たダンカン王は満足そうに笑う。

ノルウェー軍に勝利し、第一王子を後継者に決め、そして最も活躍した将軍たちがそれを喜んでくれている。

それは、ダンカン王の治世が円満に移譲され末永く続いていくことを象徴しているように思われた。ダンカン王は感無量というように微笑んでいる。

「はっ、全力でお力になることをお約束いたします」

以前のマクベスであれば、そんなダンカン王の表情を見た瞬間に苛立ちが浮かんでいただろう。

次に王となるのはマルカムではなく自分のはずだ、とはらわたが煮えくり返っていたに違いない。

しかし、何度も人生を繰り返してきたマクベスは、予言の力に心を飲み込まれていないばかりか心からの言葉を発しており、次の王が決まることをめでたいことだと考えていた。

「そうそう、先ほどの恩賞、その隣のインヴァネスの小城。それらもマクベス、新たにコーダーの領主となるそちのものになる」

「ありがたき幸せ。新領主として精一杯務めさせていただきたいと思います」

顔色一つ変えずにマクベスは再びダンカン王に対して頭を下げる。

「これはめでたいな！」

隣にいたバンクォーはこの言葉に一瞬驚いた顔をしていたが、すぐさま我がことのように喜んで、拍手（はくしゅ）までしてくれた。

そして、それは広間にいたダンカン王や、二人の王子、貴族のレノックスや、待機している兵士たちへと伝播（でんぱ）していく。

しばらくの間、マクベスを祝福するムードが大広間を覆（おお）いつくした。

それが落ち着いてきたところで、ダンカン王が話を続ける。

「そこで、一つ頼みがある。マクベスよ、あの美しいインヴァネスの小城でこれより戦勝の祝いも兼（か）ねて私を歓待（かんたい）してもらえないだろうか？」

恩賞を与えるとともに、ダンカン王は一つの課題を与えようとしていた。王を招くのに、これから、というのではあまりにも時間がない。

「無論でございます」

しかし、ふっと笑みを浮かべたマクベスはなんの迷いもなく即答する。

　さすがにこの反応はダンカン王も想定外だったらしく、キョトンとした顔をしている。

「た、頼めるのか……？」

「もちろんでございます。王を招待するとあれば妻にも知らせねばなりませんゆえ、早速インヴァネスの小城に向かいたいと思いますが、よろしいでしょうか？」

「う、うむ。頼んだぞ」

　ダンカン王は動揺したまま返事をする。

　それを聞いたマクベスはすぐに部屋を出ていった。

　後方では、マクベスの反応に対する話が出ているようだったが、それを気にすることもなく、振り返らずにマクベスは城を出ていく。

　中庭に戻ると既に日が暮れ始めていた。

「――マックスはいるか！」

　外に出るなり、声をあげたマクベスに、休憩（きゅうけい）していた部下たちがどうしたのかと顔を向ける。

　マックスはマクベスの部下の中で最も忠実な者であり、最初の人生でも最期（さいご）までともにいてくれたこともあって、信頼が篤（あつ）い。

「はっ、こちらに！」

この呼びかけに対して、マックスはすぐに姿を見せる。

いつ命令を下されても動けるようにと、マクベスは脱いでおいてよいと言ったのに、鎧を着こんで待っていたようだ。

もちろん馬の準備もしており、マクベスが行くと言えばすぐに出発できる状態にあった。

「我々はこれよりインヴァネスの小城へと向かう。兵に伝え、出発の準備をさせよ。急ぎ移動の命を！」

「承知しました！　皆、インヴァネスへと出発する。準備をしろ！」

その指示に応えマックスは声をかけていく。

マクベスは用意された馬に乗ると、中でも馬の操縦に長けた者を数人選抜し、先に出発した。

（以前の私はここでフィリアに手紙を書いて予言のことを話したのだったな……）

今回の人生では決して予言のことを話さない――マクベスはそう決めていた。

だからこそ、手紙は書かずに真っすぐ妻が先に着いているであろうインヴァネスの小城へと向かっている。

(これで、また一つ変化があるはずだ)

ここまでにマクベスは少しずつ最初の自分とは行動を変えている。

フィリアに打ち明けないというのも、大きな一手だった。

良かれと思って手紙で知らせたのだが、フィリアはそのまま予言の力に飲み込まれてしまい、ダンカン王を一緒に殺すことになった。

またマクベスが、王になることを拒んだために殺してきたのも、フィリアが予言の力に飲み込まれてしまっていたがゆえである。

だから、今回は絶対に彼女を巻き込まない——そう強く誓っていた。

そんなことを考えているうちに、インヴァネスの小城が見えてくる。

騎兵の中でも特に腕に自信のある者たちと先行したため、マクベスたちは予定よりも早く到着することができた。

城の入り口には、到着をいまかいまかと待ち受けているフィリアの姿があった。

「お帰りなさいませ。グラームズの領主、そして新たなコーダーの領主マクベス様。あなたのご活躍、真に嬉しく思っております」

マクベスが馬を降りると、フィリアは駆け寄って喜びの言葉をかけてくる。

「あぁ、これで君にもまた楽をさせてあげることができる。だがすぐに、宴の準備をしてもらわねばならない。今回の大役を乗り切ってこそ、新たな立場を認められることとなるはずだ」

税収の面では恐らく今まで以上に豪華な暮らしをすることもできる。

しかし、やらなければならない仕事が増えていくのも事実だった。

それらをこなすにはマクベスだけでは難しいため、どうしても妻の協力が必要になってくる。

「あらあら、戦争の英雄がそのような弱気な顔をなさらないで下さい。私はなにもできない女ではありません。あなたのお力になれることを誇らしく思っているのですから」

美しい妻はふわりと優しく微笑みながら胸に手をやり、遠慮することはないと断言する。

彼女は人生をマクベスのために費やそうと考えており、彼が活躍することをとても嬉しく思っているのが伝わってくる。

「うむ、それで宴の準備はどこまで進んでいるのか状況を教えてほしい。あぁ、みなは休憩に入ってくれ。誰か、部下たちを休める場所に案内してもらえるか？」

フィリアは何人かの使用人をともに連れてきており、彼女たちはすぐにマクベスの指示通りに動き始めた。

「さあさあ、私たちも行きましょう。あなたの意見も色々と聞かせて下さい」

フィリアはニコニコしながらマクベスを促すが、マクベスは険しい表情をして立ち尽くしたまま動かない。

「――あなた？」

それを疑問に思ったフィリアが声をかける。

（ここからどうするべきか）

マクベスは手を自然と顎に持っていく。

予言に対して警戒している彼は妻になにをどう話すべきなのか頭をフル回転させていた。

「あなた、なにか重要な話があるのね。しかも、それは言いづらいこと……少し場所を移しましょう」

その反応を見たフィリアは、これはただごとではないと判断し、一度腰をすえて話そうと提案してくる。

「いや、だが準備は……」

今回の宴はただの身内の集まりではなく、ダンカン王やスコットランド貴族も大勢参加することになるものである。

今回の勝利は大きく、祝うために多くの人が集まるため、ゆっくり話をしている時間はない。

「大丈夫ですわ。あなたの勝利の知らせと同時に、ダンカン王の使いが連絡をしてくれたのです。そのため、大体の準備は既に終えていますし、残りの部分も指示はだしてあります。あとはあなたの好みにあっているか、確認をしてほしかっただけですから」

「そうだったのか。なるほど、さすがに仕事が早いな」

マクベスはフィリアの仕事の早さに舌をまいた。

「ええ、こう見えても私はグラームズ、コーダーの領主の妻ですのよ」

いたずらっ子のように笑ったフィリアは、少しおどけて胸を張って見せる。

「ははっ、それはとても頼もしいな。では、お言葉に甘えて少し話をさせてもらおうか」

そう口にしたマクベスの顔は先ほどまでの険しいものから、妻といる時の優しいものへと変化していた。

（今の彼女なら、予言以外のことは話していいのかもしれない）

仲睦まじく連れ立った二人は空いている部屋へと入っていく。

そこは、飲み物を飲んで休憩できるように準備されている部屋であり、フィリアはすぐにハーブティーを準備してくれた。

「ふう……やはりこうやって君がいれてくれたお茶を飲むと落ち着くよ」

長く戦場に身をおいており、こうやってゆっくりとする時間を持つことができたのは久しぶりのことだった。

「そう言って頂けると嬉しいです」

ハーブティーはフィリアが好んで飲んでいる、今は気分を落ち着けるものを用意してくれたようだ。

「――それでは、お話を聞かせて下さい。なにか悩んでいるのでしょう？　それも、今回の宴のことではなく別のことで」

フィリアはマクベスの対面に座ると、ゆっくりとお茶を一口含んでから、夫の悩みを言い当てていく。

「君はなんでもお見通しなんだな……あぁ、色々と考えなければならないことがある。君のこと、親友バンクォーのこと、ダンカン王のこと、そしてこの国のことを」

フィリアにはかなわないなと苦笑したマクベスは濁しながらも、真剣な表情で、今度の人生で大きくかかわって来そうな人物をあげていく。

「まあ」

「私は……君にも、バンクォーにも、ダンカン王にも幸せになってもらいたいんだ。そして、君たちの隣には私がいたい——それが私の望みなんだ」

悲痛な思いを込めた表情でマクベスは言う。

まるで今生の別れといわんばかりの発言にフィリアは首を傾げそうになるが、それを止める。

マクベスもフィリアも今は、順風満帆である。

バンクォーにしても、今回の戦争で活躍をしたからには恩賞はもらえるはずだ。

そして、ダンカン王はスコットランドを守ることができた上に、健康面でも問題はないと聞いている。

彼女はまだ話を聞いていないが、マルカム王子を王太子に任命しており、後継ぎ問題もクリアしている。

普通に考えれば誰かに問題があるようには思えない。

しかし、夫マクベスはそんな彼らのことを真剣に悩んでいる様子だった。

となれば、彼の心配はそんな単純な部分では測れないところにあるということになる。

「――誰か、害をなす人物がいるのですか？」

なにか、悪いたくらみを聞いたのかもしれない。

その結論に至ったフィリアから鋭い質問が飛んでくる。

「あぁ、やはり君は聡明だな。さすがだ。当たらずとも遠からずといったところだ。とにかく、今あげた者たち、そしてこの国に危機が訪れるかもしれない。それをなんとかするには多大な労力と覚悟が必要になる。もしかしたら、今の立場を捨ててしまうことになるかもしれない」

ここまで言ったところで、マクベスはチラリと妻の顔を見た。

心臓が早鐘を打っている。

マクベスは、魔女の予言に惑わされて死んでいった人生を変えると決め、魔眼を受け入れた。

しかし、いざ言葉にすると領主としての、武将としての、英雄としての地位がなくなる可能性を示唆したことで、彼女がどんな反応をするのか不安になっていた。

「――あなたが今の立場を捨ててしまう、ですか」

フィリアは口元に手をあてて数秒考える。

マクベスはその沈黙が永遠にも感じられるくらい長く感じた。

「そう、ですね。そうなったら、きっと私は……」

マクベスはごくりと喉を鳴らした。

「きっと、私はあなたについていくと思います」

晴れやかな笑顔で彼女はそう言った。

その言葉にマクベスはハッとして、美しく微笑む彼女の顔を見る。

彼女は本来、マクベスが今の地位を持っているから結婚したわけではない。彼の聡明さや優しさを知ったからこそ、自ら彼の妻になることを決めていた。

だから、領主でなくなったとしても、貴族でなくなったとしても、それを理由に彼の傍を離れることはないというのだ。

「……やはり、君は君だな」

心の奥底から湧き起こる温かい気持ちに、マクベスは泣きそうになるほど嬉しかった。実際に彼の目にはうっすらと涙が浮かんでいる。

彼女のことを信じたい気持ちは強かった。

それでも、これまでの人生での彼女の行動を思い出すと、不安をぬぐい切れなかった。

「ええ、私はマクベスの妻ですから。あなたの隣にいない私なんて考えられませんわ」

愛しいものを見るようなまなざしを向けている彼女は、それらの想いを吹き飛ばしてくれた。

予言の力に囚われていなければ、彼女は圧倒的なまでにマクベスの味方だった。

（いや、囚われていた時も私の出世を第一に考えてくれていたのか……）

いつも自分のことよりもマクベスのことを最優先に考えてくれている妻。

そう考えると、あの予言の力に囚われていた妻も、変質的ではあるがずっとマクベスの味方であったことがわかってくる。

「ありがとう」

そう言うと、マクベスはフィリアの隣へと移動して彼女のことを抱きしめた。

「あらあら、どうしてしまったの？　急にこんな風に甘えてくるだなんて、あなたらしくありませんよ？」

口では窘めるような言い方ではあったが、甘えてくるのは自分にだけだと思うと嬉しく思うのか、聖母のように優しい笑みを浮かべて優しく頭を撫でていく。

「色々と迷惑をかけることになるかもしれないが、全力でやっていくつもりだ」

「はい、私はなにがあってもあなたについていきます」

二人はしばらくそうしていたが、「奥様！」という従者の呼ぶ声で慌ててパッと離れた。

今回の準備の中心であるフィリアがいないため、現場では確認できないことが多く、大わらわになっているという。

「すぐ向かいます」

髪を撫でつけながら言う妻を微笑ましく見守ったマクベスは、彼女の手をとり、二人で、広間へと向かった。


そして、宴が始まっていく……。

第四話　宴(うたげ)の夜

　ダンカン王を招いた豪勢な宴は、戦勝の記念ということもあって、各地から多くのスコットランド貴族も駆けつけて盛り上がりを見せていた。

　マクベスの妻が事前に流れと、トラブルが起きた場合の対処方法も決めていたため、滞(とどこお)りなく進んでいく。

　そんな宴に、ダンカン王もご満悦(まんえつ)の様子だった。

　みなが酒をのみ、料理を楽しんでいる中、それに反するかのように少し端(はし)のほうでマクベスは厳しい表情を浮かべながら、会場内を見回していた。

（まさか、この城に私とバンクォー以外に予言を受けた者が来ているとは……しかも、かなり強い影響を受けているようだ）

　マクベスは宴の準備が終わって、人々が入城し終わったところで魔眼を発動していた。

あくまで念のための行為だったが、その目には予言の力を示す黒いモヤが映る。詳細なことはわかってはいないが、フォレスでも見たものと出所は同じかもしれない。

最初に確認したのは、ダンカン王とその息子たち。

彼らが予言の力に飲み込まれていたとしたら、国自体が危ういものになってしまう。

しかし、三人には問題はなかった。念のためのものとはいえ、この結果はマクベスをホッとさせる。

護衛の近衛兵たちにも変化はなく、いつものように任務を果たしている。

次に視線を向けたのは、既に予言を受けていることが確定している親友のバンクォー。

しかし、彼をとりまく予言の力に変化はなく、黒いモヤが彼の周りに漂っているだけだった。

だが今回の予言の力は更に強く、マクベスの魔眼越しに煙幕のようにこの会場中を漂っていた。

(この力は誰のものだ――)

「――やあやあ、今回の戦いの英雄のマクベス殿ではないか」

そんな折、一人の人物が声をかけてきた。

「⁉」

突然声をかけられたマクベスは顔を見ると、思わずハッと息をのんでしまう。

「……あぁ、マクダフ殿か」

それでも、咄嗟に気持ちを切り替えたマクベスはなんとかここで言葉を絞り出した。

彼は一度目の人生で最後の戦いの相手だった人物である。

女の腹から生まれ、森を動かした男。

マルカム王子を旗印に、マクベス王を討った男。

彼がいなければ、マクベスは最初の人生において王として覇道を歩んでいたはずである。

「こんなところで壁の花になっているのは、主役としてはいささか野暮というものなのではないかね？」

酒を片手に穏やかな笑みを浮かべながら近づいてきたマクダフが話しかけてくる。

今回の趣旨はもちろんノルウェー軍との戦争に勝利したことを祝うというものである。

だが、それは表向きのものであり、マルカム王子が王太子に選ばれたことと、マクベスが英雄的活躍を果たして、コーダーの新領主に任命されたこと。この二つが各貴族の最大の祝いであり、その一人であるマクベスには是非色々と語って欲しいとみんなが思っていた。

だがなぜかマクベスが難しい顔をして周囲ににらみをきかせていたため、他の招待客はなかなか声をかけることができずにいたのだ。

それに気づいたマクダフが自ら動かねばと声をかけたという流れである。

彼はマクベスの領地であるグラームズとも比較的近いファイフの地の領主であり、面識が何度かあった。

それゆえに、比較的声をかけやすい立場にある。

「今回の宴は私と妻が主催したものなので、王を招くとあって不備がないかと緊張し、気が回りませんでした。ご忠告感謝します」

自分の行動に理由をつけて、そしてマクダフの心遣いに感謝をする。

そんなマクベスに対して、誰も疑問に思うことはない。

「なるほど……それは私が同じ立場だったとしても、同じように周囲が気になってしまうかもしれないな。いや、失礼なことを言った」

マクダフも、マクベスの言葉に理解を示すスタンスをとる。

「いや、マクダフ殿。あなたの言葉にハッとさせられました。もう少し諸侯と話をしてようと思います。本当にありがとう」

笑顔で一礼すると、マクベスは貴族たちが集まっている場所へと移動して、その輪に加わっていく。

加わりながらもマクダフの行動を把握できるような立ち位置で警戒を怠らない……。

マクベスが先ほど息をのんだ理由は、なにも自分を殺した相手に不意に出会ってしまったからではない。

その本当の理由は、マクダフこそが予言を受け、その予言の力に囚われている人物だったからである。

(それにしても、マクダフが予言を受けたなどという話は聞いたことがないな。私が二度、そしてバンクォーが一度。それで全てのはずだが……私が知らないところで、予言が授けられているということなのか？)

そこまで考えたところで、話を聞いているふりをしながら、マクベスは改めてマクダフという人物について考えを巡らせていく。

彼はスコットランド貴族でファイフの領主である。

過去の人生で、毎回この宴に参加していた。

最後は彼に殺されることとなった。

ここまで考えたところで、ハッとなる。

（マクダフは私のことを討った。私とは何者だった？）

マクベスを個人としてとらえず、立場としてとらえる。

「……私は王だった」

誰にも聞こえないほどに小さな声で呟く。

この呟きは、会場の喧騒に飲み込まれていった。

しかし、この呟きこそが全ての答えをマクベスにもたらしていた。

（予言は個人に拠らない。マクダフは〝私を討った者〟ではない。〝王を討った者〟だ。つまり、マクダフは王を討つ者だと予言されていたのではないか？）

こう考えると全てがしっくりくる。

一度目の人生でなぜマクダフはダンカン王を殺さなかったのか？

それは先にマクベスが殺してしまったからである。

もし、あの時点でマクベスが動かなければマクダフがダンカン王を殺し、その結果としてマクベスが王になっていたのか、と思いいたる。

それが本来の筋書きだったのかもしれない。

もしそうだとしたら、マクベス夫妻はダンカン王を殺したことに悩まされる必要はなかったのかもしれない……。

しかし、ここでマクベスは首を横に振る。

(そんなことは今考えても仕方のないことだ。まずは今回の人生を最良のものにすることだけ考えるんだ！)

自身の考えの揺らぎに活を入れて、今の自分がどう動くべきかを考えていく。

幸いなことに、ダンカン王は多くの貴族に囲まれており、マクダフはなかなかコンタクトをとれずにいる。

今日はたくさんの貴族がこの城に泊ることになる。

その状況でどうやってダンカン王を殺すのか？

考えられるとしたら、やはり一度目のマクベスがやった方法が確実だ。

眠り薬をいれた酒を飲ませ、ダンカン王、二人の王子、そして護衛の二人がぐっすりと寝入ったところで殺すというもの。

しかし、あれはマクベス夫妻が主催者だったからこそ、酒を準備することができたし、飲んでもらうことも容易かった。

彼がやるとなると、色々と下準備が必要になるはずである。

だから、マクベスはマクダフの動きから目をそらさずにいる。

「やあ、これは今回の立役者である我が親友のマクベス殿じゃないか。こんなところにいたのか。探したぞ」

そんな折に声をかけてきたのはニコニコと笑顔を見せる親友のバンクォーだった。

彼ももちろん今回の宴には参加しており、マクベスに話しかけてくるのは当然の流れである。

「あぁ、バンクォーか。楽しんでくれているか？」

マクベスは警戒心を気取られないように、努めて平静を保ちながら返事をする。

「うむ、あの短時間でここまでのものを用意するとは、お前の奥さんはやはり凄まじく優秀だな」

バンクォーもまた宴を楽しんでいる一人のようで、何度も会ったことのあるマクベスの妻の采配に舌を巻いていた。

「あぁ、私には勿体ないくらいの、よくできた妻だ」

「ははっ、今回の戦争の英雄も妻にかかれば形無しだな……だが、お前は優秀だ。我が国にマクベスがいなければ戦争も敗退していたはずだ」

バンクォーは途中から真剣な表情で、声をおさえながらマクベスに思ったままを話した。

「……そう言ってくれるのは嬉しいが、さすがにこれだけの人がいる場所でそのような物言いは少し不遜ではないか？」

酒が入っているからなのか、少々踏み込んだことを話し始めた友のことをマクベスは窘めた。

「そう言ってくれるな。それだけの活躍を君はした。私はもっと誇っていいと思っているし、そんな君の友であることを誇らしく思っているんだぞ？」

いつも慎重な彼らしくなく、どんどん言葉が出てくる。

周囲の声が大きいおかげで今の会話は漏れていないが、いつ誰かの耳に入るともしれない。

そんなことになれば、マクベスとバンクォーは不穏分子なのではないかと思われてしまう可能性がある。

それだけは避けたかった。

「あらあら、バンクォー様。少し飲みすぎではありませんこと？」

そこに助け舟を出してくれたのは、やはり頼もしきマクベスの妻・フィリアだった。

「おぉ、あなたはマクベス殿の賢妻ではありませんか！　いやあ、今回の宴は完璧ですな！　あなたが全てを取り仕切ったと聞いています。さすが……」

そこまで口にしたところで、酒に酔って顔を赤くしたバンクォーはふらついてしまう。

彼もマクベスに次ぐ功績を残しているということもあって、諸侯から酒を注がれており、それを全て飲み干していた。

マクベスからは近づきがたいオーラが発せられていたため、その矛先が全てバンクォーへと向いてしまっていたのだ。

「バンクォー様は疲れもあるようですし、お部屋へと案内させましょう」

「うー……お願いし、ます」

今にも寝落ちしてしまいそうになっているバンクォーは抵抗することなく、返事をする。

「そこのあなた、そうあなたよ」

妻は一人の若い執事に声をかける。

「はい、なにか御用でしょうか？」

「こちらの方を寝室まで案内して下さい。バンクォー様です」

近くにくると、すぐにバンクォーを引き渡して指示を出す。

こうなることを事前に予想して、召使いや使用人には参加者の名簿と部屋の場所を覚えさせていた。

「承知しました。さあ、バンクォー様。ご案内します、参りましょう」

「うむ、わかった……」

眠気と戦いながらも、なんとか自分の足で歩いている彼を使用人が誘導していく。

「やれやれ、あれでは戦争の英雄というよりも、まるで眠気に負けた子どものようだな」

「ふふっ、本当に」

二人は苦笑しながら、バンクォーの背中を見送っていた。

「さて……むっ？　いないぞ」

身軽になったことで、マクベスはマクダフの行方を追おうとしたが、先ほどまでいた場所、更にはその周辺のどこにも彼の姿は見当たらなかった。

「――どなたをお探しですか？」

真剣な表情であたりを見回すマクベスを見て、探し人がいると察したフィリアが質問する。

「あぁ、先ほど私に声をかけてくれたマクダフ殿がどこに行ったのかと思ってな」

先ほどまで立っていた場所に予言の力の痕跡が残っている。

しかし、それがどこに向かって行ったのかは、人の多さに紛(まぎ)れて追えなくなっていた。

「あの方なら、少し前に広間を出ていったかと思われますが……確認しますか？」

フィリアは地位の高い貴族の動向を把握(はあく)していて、不備がないようにしていた。

だからこそ、マクダフの行動もおよそではあるが、わかったのである。

「…………いや、それなら彼がいない間に動いておこう。私は王のもとへと行って話をしてくる。もし早い段階でマクダフ殿が戻ってきたら、時間を稼(かせ)いでくれると助かる」

マクベスの言葉に、フィリアはコクリと頷いて、マクダフが出ていったであろう扉のほうへと移動していく。

（さて、こちらは王を説得しないとだな……）

ここからの行動が、未来を大きく変えていく。

そんな予感を強く覚えたため、緊張しながらマクベスはダンカン王のもとへと移動した。

「おぉ、これは本日の主役のマクベスではないか！」

酒を楽しみながら笑っているダンカン王がすぐに気づいて声をかけてくる。

周囲にいた貴族たちも、マクベスに気づくとすっと道をあけてくれた。

「ダンカン王、おそばを離れていて申し訳ありません。主催者として飲み物や食事が行き届いているかが気になっていたので、妻とともに確認しておりました」

最初に挨拶をしたあとは、マクベスは状況把握のために広間の中を見て回っていた。もちろん予言を誰が受けているのか見るためのもので、その原因がわかったからこそ王のもとに駆けつけていた。

「うむうむ、急に申しつけたからな。いや、よくやってくれている。なあ、みなも今日の宴には満足しているであろう？」

ダンカン王の質問に、周囲の貴族たちは大きく頷いて同意している。

「それは準備をしたかいがあるというものです。それで……少々王にお話ししたいことがあるのですが、よろしいでしょうか？」

マクベスはそう声をかけると、チラリと貴族たちに視線を向ける。

「うむ、マクベスの話であれば私が耳を傾けない理由がない。すまんが、みんな少し外してもらえるか？」

二つ返事で頷いたダンカン王が言うと、貴族たちは笑顔で離れていく。

彼らも王と英雄の邪魔をするほどの度胸はなかった。

「……して、どのような話だ」

「お耳を失礼します」

硬い表情のマクベスは近づくと、ダンカン王へと耳打ちをする。

「衝撃的なことを申し上げますが、驚かれぬようお願いします」

「うむ」

大きな反応をして、周囲を見回してしまえばダンカン王がなにかを警戒していることが伝わってしまう。

それがマクダフの耳にまで届けば、警戒して違う方法をとってしまうかもしれない。

そうなってしまえば、防ぐことができない。

「王のお命を狙っている者がおります」

「……そうか」

少し目を見開いたダンカン王は、驚きを無理やり飲み込んで、なるべく平静を保って返事をする。

マクベスがなぜそのことを知っているかは問わなかった。

それだけ信じているのだろう。

「その裏切り者は恐らく王に酒を勧めるはずです。更には、二人の王子、そして王の護衛である近衛兵にも……」

　この言葉にダンカン王は考え込む。

　ここまで自分に酒を注いできた者は何人もいた。

　その中に王子と護衛にまで酒を注いだ者がいなかったか、と。

「私は裏切り者に心当たりがあります。相手の策は想像がつきますので、事前にこのような対応をとっておきたいと思っております」

「ふむ、対応とな」

　どのような方法なのか、王は続きを促す。

「それは……」

　ここからマクベスが考えた作戦が王に伝えられていった。

　もちろん裏切り者であるマクダフには決して悟られぬよう細心の注意を払っていた。

　その後、マクベスはダンカン王から離れ、他の貴族たちと話をしている様子を周囲に見せていく。

　先ほどの話は大したものではないというアピールもしないといけないため、王とは今回の恩賞についての話をしたとだけ周りに説明していた。

戻って来たマクダフが少しこちらに目を遣ったが、嘘の説明が耳に入り、納得したようだ。

しばらくしたところで、マクダフはダンカン王に酒を注いでいく。

二人の王子と護衛には、彼と仲のいい他の貴族が同じ様に酒を注ぎにまわっていった。

だが、マクベスはあえてそちらを気にせず、離れた場所で他の貴族との談笑を続けていた。

その分、全体の把握に努めている妻がマクダフたちの動向をしっかりと監視しているはずである。

二時間ほどしたところで、多くの参加者に酔いがまわり、程よい時間ということもあり、宴を終了する流れになった。

「みなさま、本日はお集まりいただき、ありがとうございました。私も妻も、こうやって多くの方を迎えての宴に慣れておらず、不備などもあったかと思われますが、楽しんでいただけましたなら幸いです」

穏やかな口調でマクベスが挨拶をしていると、貴族たちが声をあげる。

「いや、今日は本当にすばらしかった！」

「まるで昔からここに住んでいるかのような、スムーズなご対応！」

「さすが英雄とその奥さんですな！」

次々に出てくるのは、二人を称賛する声だった。

それを見て、ダンカン王は満足そうに頷いていた。

自分の部下はこれほどにすごいのだぞ、と胸を張っている。

しかし、目はトロンとしてきており、いつ眠ってしまってもおかしくない状態にあるのが傍(そば)から見てわかる。

それを見たマクダフが昏(くら)く笑ったのを、マクベスは見逃さなかった。

王たちが深い眠りについたところをマクダフが急襲しようと考えているのは、同じことを経験しているマクベスには手に取るようにわかっていた。

(酒に毒をいれずに、あえて眠らせるだけなのは、恐らく二王子のいずれか、もしくは私に罪をかぶせるためだろう)

それでも自身で殺しに行くのは、確実な死を見届けないと不安になってしまうためである。

だから、このあと城が静まり返り、全ての者が深い深い眠りについたところで彼が行動を起こすのも、想像に難(かた)くなかった。

深夜、先ほどまでにぎわっていた城はまるで誰もいないかのごとく、静寂に満ちていた。

宴に来た貴族たちはそれぞれが領地へと帰ったが、それでもかなりの人数が残って、小城に宿泊していた。

彼らは、戦争の疲れがあり、酒が入ったこともあって、用意された柔らかなベッドで眠りについている。

召使いや使用人も昼間から準備に大わらわで、宴の片づけを終えると、そのほとんどが自室で気絶するようにベッドに倒れこんでいた。

風に揺れる木の音、遠くから聞こえる鳥の鳴き声が、城内の静けさを一層際立たせている。

そんな中、夜闇に紛れて動く者がいた。

マクベスが予想していたとおり、予言の力を身体にまとっているマクダフがナイフを手にして廊下を歩いている。

キョロキョロと周囲を警戒している様子は、それだけで後ろ暗いことをしていると思わせる。

しかも、覆面をかぶって一見して誰だかわからないような工夫もしているため、それが怪しさを助長していた。

ゆっくりと進んではいるものの、足音を完全に消すことは難しい。少なからず廊下に響いてしまっているが、誰も起きていなければそれも関係ない。

皆が深く寝入っていることを確信している様子だ。

しかも、彼が向かっている道中には部屋はなく、誰かに聞かれる心配は一層ない。

されども、なにか物音が聞こえてくるとピタリと足を止めて、しばらく周囲を探ってから再度進む慎重さも持ちあわせていた。

安全を確認できると、再び彼は進んでいく。

そして、小城の中でも地位の高い者が宿泊するための、離れの部屋の前までやってきた。ナイフを抜いて、刀身を見る。

月に照らされて刀身がゆらりと怪しげな光を放つ。

これは彼が普段持っているものとは異なり、この日のために用意した、しっかりと研ぎあげられたものである。

ナイフを使って王を一撃で確実に殺す。

そして、マルカム王子にそれを握らせることで犯人に仕立て上げる。

これが、彼が考えた今回の作戦である。

マクベス最初の人生において、マルカム王子を旗印として担ぎ上げたマクダフがこのような暴挙に出るのは皮肉としかいえなかった。

使用人の一人に金を渡して、この部屋の合鍵を手に入れている彼は、そっと鍵穴に差し込んでゆっくりと回していく。

ちなみにこの使用人もマクベスが仕込んだものであり、彼は金に目がくらんだように見せかけて合鍵を渡していた。

ガチャリ、と音が鳴る。

普段であれば気に留めることもない程度の音量だが、中にいるダンカン王たちが目覚めてしまっては、彼の目的を果たすことができない。

それゆえに中から人の動きが感じられないか、しばらくの間様子を窺っていた。

「大丈夫だな……」

ポツリと呟いた言葉は誰の耳にも届くことなく、空中に消えていく。

改めて周囲を確認して、人の気配がないと判断すると扉をあけてするするっと身体を部屋の中へと滑り込ませる。

部屋の中には絨毯が敷かれており、足音を吸収してくれるのはマクダフにとっては都合のいいことであった。

真っ暗な部屋であるが、月明かりが差し込んでいたため、ゆっくりと暗闇に慣れていく。

入ってすぐ、左には二つのベッドが並んでおり、そちらからはマルカム王子とドナルベイン王子の寝息が聞こえてくる。

そのまま奥に進むと、護衛の二人が椅子に座ったまま眠っている。

本来であれば交代で仮眠をとって、夜通し護衛としての仕事を果たすことになっていたが、眠り薬が混入されている酒を飲んだことでピクリとも反応を見せない。

更に奥に進むと、ひと際大きな天蓋付きのベッドが置かれており、そちらからはダンカン王のいびきが聞こえてくる。

多くの貴族から酒を注がれ、かなりの量を飲んでいるダンカン王は目覚める気配が全くない。

その顔が確認できるほどに近づいたところで、マクダフはナイフをかざした。

月明かりを反射したナイフの刃は鋭く、突き刺されば服や皮膚を簡単に貫いて、心臓へと達するはずである。

高まる心臓の音が嫌に響いて聞こえる中、一歩一歩確実に進んでいき、ついにマクダフはダンカン王のベッドへと到着した。

これから王を殺すとあって、さすがにマクダフも緊張が最高潮に達しており、ナイフを持つ手が震えている。

口の中はカラカラに渇(かわ)いており、手指は冷たくなっている。

しかし、心臓は早く王を殺せと早鐘を打っていた。

ひとつ、つばをのんでゴクリと喉を鳴らすと、マクダフはナイフを両手でしっかりと握って王の心臓めがけて思い切り振り下ろす。

「あ…………」

しかし、それは実行されることはなかった。

「――がはっ……！　な、なんで……」

マクダフは自分の胸がじんじんと熱いことに気づく。

視線を下ろすと、何やら見知らぬ鋭い刃がマクダフの胸から突き出ている。

「さすがに、王殺しは看過(かんか)できぬ」

言葉だけで人を殺せるかのような冷たさを秘めた声が、マクダフの耳に届く。

「お、お前は……」

マクダフは声の主に聞き覚えがあった。

彼に剣を突き立てているのは、このインヴァネスの小城の主である、マクベスだった。

「悪いな、とは思わない。こんな決断を下したお前が悪いのだからな」

冷ややかな眼差しを向けたマクベスは剣に力をこめる。

そして、同時に魔眼の力を全力で発動していた。

どのようにすれば、マクダフにかかっている予言の力を解除できるのかわからない。

魔眼の魔女は覚悟が必要だと言っていた。

(覚悟なら既に決めている！)

その気持ちを後押しするかのように魔眼が熱くなっていく。まるで、力を解放しろと訴えているようでもあった。

「あああっ！」

促されるまま魔眼の力を使って剣を握ると、まるで力が吸い取られるかのように、身体が徐々に重くなっていく。

「まだ、まだだ！」

マクダフに突き立てられた剣は、彼をとりまく予言の力を霧散させていく。

「が、があっ、がふっ……」

その間、マクダフは口から血を吐き出しながらも、ナイフを再度振り下ろそうとしていた。

予言の力は絶対である。

そのことをマクベスは何度も経験していた。

マクダフが『王を討つ者』としての予言を受けているとしたら、この程度では彼を止めることはできず、いずれナイフは王に突き立てられてしまう。

「私に……力を、この者を討つ力をおおおおお！」

光を放つマクベスの魔眼の力が剣へと伝わっていき、刀身を真っ赤に光らせていく。

「マクダフ、さらばだあああ！」

剣を一度引き抜いて、渾身（こんしん）の力でマクダフの首を切り落とした。

血しぶきがあがり、マクダフの身体はその場にバタリと倒れていく。

「はあ、はあ、はあ……」

彼の死体を見下ろすマクベスの目は、いつもの彼の色に戻っている。

彼は王に、マクダフが王を殺しにくる可能性を事前に伝えていた。

そこで、王の出した結論は、マクベスに任せるというものだった。

だからダンカン王だけでなく、王子たちも、護衛も眠り薬の入った酒を抵抗なく飲んでおり、マクベスがこの部屋に隠れて護衛をするという形になった。

実際、彼にとってこの展開は都合がよかった。

マクダフを止めることができるのは、予言の力を見ることができるマクベスだけである。

魔眼の魔女は、予言の力に打ち克つには相当な覚悟が必要だと言っていた。

なんとしてでも止めようと、この任務に覚悟を持って臨んだマクベスだからこそ魔眼の更なる力が発動したのではないか。

「はあ、はあ、こ、これは、きつい、な……！」

それでも、その代償は大きく、マクベスの全身を強い倦怠感が襲い、そのまま力が抜けて座り込んでしまう。

「くっ――これが、相当な覚悟、予言の力を打ち消した代償……という、ことか」

なんとか剣を杖代わりに立ち上がる。

このままマクダフの死体を放置しておくわけにはいかない。

「ダ、ダンカン王、マルカム王子、ドナルベイン王子、それから護衛のお二人。少し話を聞いてもらってもよろしいか？」

マクベスがなんとか声をかけ、部屋のみんなを起こすと、一斉にパニックになった。

「いや、この状況は一体何なんだ！　この城はこれほどに危険な場所なのか！」

「それ相応の償いを求めるぞ！」

これは護衛の二人の言葉である。

自分たちが護衛として責務を果たせなかったことが、一層彼らの怒りを煽っており、マクベスを怒鳴りつけなければ耐えられなかった。

「マクベス殿、彼らの言葉が強いのは謝罪します。ですが、これほどに危険に晒されたのは私たちも初めてのことです。説明をして頂けますか？」

マルカムは一人冷静であり、護衛を制止してからマクベスに言葉を促した。

冷静である理由の一つは弟であるドナルベイン王子が、彼の服を摑んで震えているからだ。

もう一つの理由は、マクベスが姿を見せてからダンカン王が落ち着いた表情へと戻っていたためである。

「うむ、マクベスよ。なにがあったのかを聞かせてくれ」

完全に意識が覚醒し、マクベスとの会話を思い出したダンカン王は、自らにかかった血など気にしていないかのように毅然とした態度で、マクベスの話を聞く姿勢をとる。

「はい、それではご説明させていただきます」

息を整えたマクベスはそう答えながらも、全てを話していいのかダンカン王に視線で確認をとる。

これに対して、王は頷きをもって返事とした。

「私はマクドンウォルドのような反乱分子がまだ潜んでいる可能性を危惧しておりました。そして、今回の祝勝の宴を主催していくなかで、その者の情報を得たのです。それが、そこに倒れているマクダフ殿……いえ、マフダフになります」

マクベスは淡々と事実を告げていく。

床に首と身体が転がっているのは全員がわかっていたが、夜の暗がりと血のせいで誰なのかわかっていなかったため、ダンカン王以外の全員が視線をそちらに向けて驚いている。

その中でもマルカム王子はひと際強い反応を示しており、震えているのが見える。

一回目の人生ではマクダフとマルカム王子はともに馬を並べて、マクベスへと戦いを挑んでいた。

そこに至るにあたり、多少なりとも交流があったはずだった。それは反応から見て取れる。

「彼がダンカン王のお命を狙っていることがわかった私は、そのことを宴の最中にお伝えしました」

　ここでマクベスがチラリとダンカン王を見ると、視線がそちらに集まる。

「うむ、私は事前に知っていた。知っていたうえで、私は決断を下したのだ。マクベスに全て任せよう、とな」

　胸を張って答えるダンカン王の顔には血しぶきが飛んでいる。

「父上……」

「お父様……」

　二人の王子が呆れたような声を漏らす。

　知っていれば事前に逃げておくこともできた。

　護衛を増やすこともできた。

　それよりも先にマクダフを捕えるという選択肢もあったはずである。

　であるにもかかわらず、部屋に入り込まれるという危険な状況を作り出す選択をしてしまっていた。

「ま、まあ、良いではないか。マクベスならきっとなんとかしてくれるだろうと信じておったし、実際に彼は裏切り者を見事成敗してくれた……少々手荒な手段だったのは否めないが、マクベスの話も急には信じられぬものだった。必要なことだったのだ」

ダンカン王が一人納得しているなかで、王子二人と護衛二人からは冷たい視線が向けられていた。

不敬かもしれないが、さすがに命を危険に晒したとあって、こう反応してしまうのを抑えられずにいる。

「みなさんと情報共有をしなかったことは私にも落ち度があります。誠に申し訳ありませんでした」

真摯にマクベスが謝罪をすると、彼らも何も言えなくなる。

命をかけて、その身をもって守ってくれた相手に不満をぶつけるのは違うと考えている。

その上、今回情報を伝えないという判断を許したのが王とあっては、マクベスを責めるいわれはなかった。

「……一応今回どういう状況にあったか説明をいたします。みなさんはマクダフ、および彼と懇意の貴族から酒や飲み物を勧められたと思います」

マクベスの言葉に、思い当たることのある彼らは頷いて見せる。

「その中に眠り薬が混入しておりました。そのようなことがないように管理は徹底しておりましたが、彼らは巧妙に薬を隠し持ち、酒を勧めるふりをしてみなさんに飲ませたのだと思われます」

一斉に彼らは顔を真っ青にした。

この事実はダンカン王たちに恐怖心を与える。

今回は眠り薬だったから、夜間ぐっすりと寝る程度で済んだ。

だが直接毒が入っていたとしたら、今のように話していることはなかっただろう。

「酒を用意したのは全てこちら側ですので、恐らくマクダフは眠り薬について誰かが指摘したらマクベスのせいだと吹聴したのだと思います。だからこそ、ここでことを起こしたのでしょう」

今となっては確認できないことではあるが、この考えは正解だった。

マクベスが認められたのが気に入らない。

認めた王が気に入らない。

なぜ自分を評価しないのか。

そんな思いと予言の力がマクダフを狂気に走らせた。

今回の方法で殺せば、インヴァネスの小城の持ち主であるマクベスに責任が向き、ついでに王の命も奪える。

彼にとっては一石二鳥のことだった。

「話を戻しましょう。みなさんがぐっすりと眠っている間にマクダフは部屋に忍び込んでダンカン王にナイフを突き立てようとしていました。事前に隠れていた私は、彼が凶行に及ぼうとしたところで、剣で彼の命を奪いました」

その結果が、足元に転がっているマクダフの死体である。

「やはりマクベスに任せて正解だったな」

王はそれを見て誇らしく笑うが、やはり他の面々からは冷たい視線が飛んでいた。

「しかし、戦争を勝利に導いてくれた英雄であり、我々の命を救ってくれた大恩人ともなれば、相応の恩賞を用意せねばならんな」

ひとしきり笑った王は、

「領地、はコーダーを与えたばかりで次というわけにも……そもそも空きがあったかのう」

と腕を組みながら考え込み始める。

「――発言、よろしいでしょうか？」

手をあげたのはマクベスである。

「うむ、なにか希望があればそれを聞かせてもらえるとありがたい。なにせ、これほどの功績をあげた者が過去におらんのでな」

ダンカン王はマクベスの進言を快く受け入れる。

しかし、王とマクベス以外の者の心境は穏やかではない。

これだけの大人物がなにを望むのか？

それが彼らの立場を脅かすようなものではないと言いきれない。

そして、マクベスがそれを望めば王も検討せざるを得ないだろう、と。

「恩賞の件、大変ありがたく思うのですが、その前に……湯あみと着替えをいたしませぬか？」

改めてマクベスは自分とダンカン王が、かなり酷い姿になっていることを指摘する。

「お？　おぉ！　言われてみれば、このような姿で言うことではないかもしれんな。では、まずは身支度を整えることとしよう。恩賞については夜が明けてから改めてみんなの前で発表するとしよう。マクベスよ、お主にも希望があれば考えておいてくれ」

「心得ました」

そうして、マクベスとダンカン王は身体についた汚れを洗い流しに行き、二人の王子と護衛二人は部屋を変えて、休憩をとることとなった。

まだ外は暗く、夜明けまではしばらく時間がある。

マクベスは、身体を洗い流しながら先ほどのことを思い出していた。

「……私が胸を後ろから突き刺しても、それでもマクダフは動こうとしていた」

本来ならば、あれだけ大きな傷を負えば動けなくなるはずである。

だが、マクダフは血を吐きながらも抗い続けてダンカン王を殺そうとしていた。

つまり、ただ殺そうとしただけでは、予言の力のほうが上回ってしまうということになる。

だからこそあの時魔眼の力が発動し、マクダフを包み込む予言の力が打ち消された。

その代償が、意識を失うかと思うほどの強い疲労感。

（あんなことを繰り返していては、私のほうが死んでしまうかもしれないな）

この世界では絶対のルールと思われている予言の力を打ち消す。

それにはマクベスが命を削るほどの強い意志と力を込めなければならなかった。

魔眼を魔女より授けられた当初は、この力を使って予言の力を確認して、原因となるものを打ち消していこうと考えていた。

しかしながら、全力で、命がけでないと解消できないのでは、うかつにこの方法をとるのは危険である。

今回の彼の目標から考えると、言葉のとおり、命をかけてしまうことはできない。

もう、この方法を使うことはできない。

「――やはり、あの方法を試してみる他ないな……」

マクベスには前々から解決に繋がる一つの案があり、それを近いうちに試そうと考えていた。

翌日。

ダンカン王が言っていたように、朝食後にしばらく休憩したのち、マクベスや城にいるスコットランド貴族たちが謁見の間へと招集された。

昨日のうちに帰った貴族たちはもちろんいない。

「いったいなにが行われるというのだ？」

「戦争の恩賞などは既に発表されたはずだが……」

「なにやら昨日、賊が入ったと聞いたぞ」

「なんと、それではマクベス殿がその責任を問われるのか？」

「いやいや、その賊を捕えたのがマクベス殿らしい」

待たされている間、彼らは噂話を始めている。

まだ、ダンカン王は姿を見せてはおらず、マクベスも同様である。

今回の渦中の人物である二人がいないからこそ、余計に噂話に拍車がかかっていく。

「みなさんお静かに！　ダンカン王、ならびにコーダー領主マクベス殿がいらっしゃる。みなさん、静粛に！」

ざわめきの中、声を張り上げたマルカム王子がこの場を静まりかえらせる。

地位があり、視野が広く、説得力を持つ彼にはふさわしい役目だった。

その場に二人がゆっくりと姿を現した。

「これよりダンカン王から、昨日の件についての恩賞が与えられることとなります」

高らかな宣言によって、貴族たちはざわつきをみせた。

やはりあの噂は本当だったのか、と徐々に信じていく。

それにしても昨日に続いて、二日連続で恩賞を与えるのは、やりすぎではないのかという心の声まで漏れ出ている。

そして、声量を抑えているつもりでも全てマクベスの耳に届いていた。

（なんと言われようと、今日の恩賞はもらわなければならない。たとえ領地を失ったとしてもこれだけは……）

静かに目を伏せたマクベスは無言を貫いていた。

外野の声など気にしている余裕はない。

今回の人生を成功させるためには、自分にできる全てをやっていく――そう決意しているからである。

「ふむ、みな集まっておるな」

ダンカン王が入場してきたことで、貴族たちは頭を下げている。

その後ろにマクベスがついてきており、玉座に座ったダンカン王の隣に立つ。

「みんな、楽にしていい。今日は報告と発表があって集まってもらったのだ」

チラリと視線がマクベスに向く。

全員が昨日あった事件の噂が本当なのだという確信を持ち始めていた。

「……昨晩、私の部屋へと賊が侵入してきた。目的は私の命だ」

ストレートに伝えたことで貴族たちに大きな動揺が走り、ざわつきをみせる。

自分たちがぐっすりと眠っている間に、そのような大きな事件があったことを、王の口から直接聞いたことで身が震える思いをしている。もし誰も気づかなかったら、ここにいる皆、罪に問われたかもしれないのだ。

「その賊を打ち倒してくれたのが、ここにいるマクベスなのだ」

噂で聞いていた話とはいえ、こうやって宣言されることでマクベスの才を全員が改めて実感することとなる。

「まさか、戦争の英雄が王の命まで救っていたとは……」

「やはり、マクベス殿は優秀な武将であるな」

賛辞の声が広まるなか、内心では面白くないと思っている者ももちろんいる。

そんな者たちでも、今回のマクベスが為した功績には文句を言うことはできない。

それほどに大きな功績であった。

「そんなマクベスに私は恩賞を与えようと思っている」

この言葉に、水を打ったように静まり返る。

いったいマクベスがどれだけのものを与えられて、どれだけこの国で重用されるというのか。

「その前に一つ話しておかなければならないことがあるな……マクベス」

重要な部分が発表される前に、マクベスからの報告が行われることに、全員が怪訝な表情になっている。

「それでは失礼をして……私からみなさんに話しておかなければならないことがあるため、事前にダンカン王へ願い、この時間をとっていただきました」

恭しく頭を下げるマクベスに、なにが話されるのだと全員が興味を示す。

「昨晩の賊ですが、その犯人は元スコットランド貴族、マクダフでした」

この特大の爆弾は、貴族たちを驚かせる。

確かに、ここに姿はないが、帰ったのかと誰もが思っていた。

マクダフといえば忠臣と名高く、マクベスと比肩するほどにダンカン王が重用している貴族であった。

そんな彼が王の命を狙った犯人であることは、大きな衝撃を与えていた。

「私は事前にマクダフ殿が怪しい動きをしているという情報を得ていました。もちろん、その情報はダンカン王とも共有しております」

この説明にダンカン王が頷く。

「しかし、王もマクダフ殿がそこまでのことをするのであろうかと半信半疑でおられました。そのため、私が寝室で王の護衛に入るという選択をしました」

マクベスは軍を率いれば最高の武将であり、単独戦闘でも最強と名高い武将である。

そんな彼が護衛につくとなれば、考えうる中で最良の守備だった。

「なにもなければそれで良し。なにかあった時には……この命をかけてでも、王族のみなさまを守り抜く所存でおりました」

そう言って、腰の剣に軽く触れる。

「夜も深まったところで、城にいるほとんどの方が寝静まった頃に、マクダフ殿は寝室へとやってきました。まさか本当に……と信じられない思いを抱きましたが、私は自らの役目を果たすために剣を抜きました」

静かに状況を説明したマクベスはここで話を終える。

どう殺したかまでは話す必要はない。

「……そういうことだ。マクダフのことは本当に優秀な者だと信頼していたわけだが、このようなことになって非常に残念だ。マクドンウォルドのことがあっただけに、余計にな……だが、私はマクベスが真の忠臣であることを再確認できた。これは重要なことだ」

再び王が話す。

「そこで、私はマクベスにファイフの領地を与えたいと考えている」

ファイフはマクダフが治めていた領地であり、彼が亡くなったことで領主の席が空いた。

その後釜にマクベスを指名する形となる。

これによってわずか二日でマクベスは領地が二つ増えたこととなった。

「な、なるほど……！」

この恩賞に対して、貴族たちは妥当性を見出している。むしろ、他の者がファイフの領主になる姿は思い浮かべないだろう。

「それだけではないぞ！」

命の対価が領地だけでは軽すぎるとダンカン王は悩んでいた。

その悩みを解決してくれたのが、ほかならぬマクベス自身の提案だった。

「マクベスに南の小王の称号を与えようと思う」

さすがにこれには、先ほどのマクダフの話を聞いた時に匹敵するざわめきが生み出されていた。

聞いたことのない称号に貴族たちは困惑している。

『王』という名を冠するということは、それだけマクベスに裁量権が与えられるということなのか？　という不安が渦巻く。

「みなさん、これについては私から説明させていただきます」

ざわめき立つ貴族たちを見たマクベスが再び手をあげて発言をする。

本人から説明をすることで、邪推されないようにという配慮である。

「この称号に関しましては私自身が提案したものです」

隠すつもりはなく、マクベスは全てをさらけ出すつもりで説明をしていく。

もちろん貴族たちは怪訝な表情をしているが、それを気にすることはない。

「ですが、この称号になんらかの権威を持たせたいと思ってのものではありません。私は今回の戦争において大きな功績をあげたと評されました。さらには、ダンカン王の命を守ったことも評価されています」

これには誰からも反対意見は出てこない。

彼以上の功績を残した人物はこの中にはいないためである。

「ですが、そのことによって、私を担ぎ上げようとする勢力が出ることを危惧しました」

本来であれば王の息子であり、王太子に定められたマルカム王子が後継者であるのは間違いない。

しかし、現在の王政に不満を持つ者がマクベスのことを担ぎ上げて、反乱を起こす可能性もありうる。

実際、マクドンウォルドとマクダフという二人の貴族が反逆を起こした。

「それを避けるために、私は小王……つまり小さき王であり、大きな王であるダンカン王とは比べるまでもなき小さな領主という意味を持たせております。もちろん、次代の後継者であるマルカム王子に仕える者であることも示しております」

この説明に納得する者、含むところがある者など様々であり、混乱は解消されていない。

「さらに私は二つの約束をダンカン王とかわしました。一つ目は小王の称号をいただく代わりに、どんな功績をあげてもこれ以上の領地を受けとることはしない。そして、二つ目はこの称号は私と、私の後継者の二代にのみ適用されるものであり、それ以降は存在しないものとすることです」

マクベス夫妻には子がいない。

つまり、彼の後継者には彼の一族ではない誰かが選ばれる可能性を示唆していた。

「うむ、そういうことだ。マクベスには今回に限らず、これまでも多くの貢献をしてもらっている。そのことも含めて私は称号を贈ることとした。以上で話は終わりとなるが、なにか意見のある者はいるか？」

これで話は終わりだと、王が締めくくりながらも確認をする。

時間にして一分ほど待ったが、ざわめきながらも誰からも反応がないため、これでマクベスへの恩賞の話は終わることとなった。同時に歓声が起こる。

この瞬間、マクベスは大きな変化を感じていた。

先ほどまではなにかの力に飲み込まれているようであった。

しかし、小王という称号、それがダンカン王をはじめとして貴族たちに認められたことで、予言にあった『いずれ王となる』ということが達成されたのだ。

これによって、マクベスは予言の力から解放された。

（やはり予言とは別の形でも達成されれば、その力から逃れることができるのだ）

これは賭けでもあったが、それが確信に変わったことで一筋の光が見えてきていた。

歓声を聞きながら、マクベスはこの悲劇を覆す、と拳を握ったのだった。

第五話　親友と予言

騒動の後片付けの全てが終わり、ダンカン王をはじめ、貴族たちはそれぞれの領地へと戻って行った。

「――ふう、やっと終わったか……」

来客がいなくなった城の自室に戻り、大きく息を吐いたマクベスは、体重を預けるように勢いよく腰かける。

「あらあら、あなた。そのように座っては椅子が傷(いた)んでしまいますわ……でも、お気持ちわかります。戦争があって、宴を開くなどという大役を仰(おお)せつかり、更には王の護衛をしていただなんて……疲れが出ても不思議ではありませんね」

窘めながらも笑顔のフィリアは、気持ちが安らぐハーブティーを用意してくれる。

「……うん、やはり君がいれてくれたお茶はうまいな」

一口飲んだだけで身体が楽になったような気がしてくる。

「ふふっ、そう言っていただけるなら淹れたかいがあるというものです……それで、なにかありましたか？」

「――ん？　なにかあるように見えるか？」

　妻の質問に、首を傾げたマクベスは質問で返す。

　話をしようとは思っていたが、なにかあったと思われることを意外に感じていた。

「うーん、気づかぬは本人ばかりなり、ということでしょうか。あなたったら、なにか重大な話があると、いつもそうやって顎のあたりを触るんですから。すぐにわかります」

　面白そうに笑う妻の指摘に、マクベスは自分の右手が顎にあることに気づいてハッとなる。

「むむ、自分では気づかないものだな……。しかし、ばれているのであれば仕方ない。正直に話すとしよう。実はだな――」

　マクベスは昨日から今日にかけて起こったことを説明していく。

　宴の際に怪しんでいたマクダフが暗躍し、ダンカン王を殺す目的を持っていたこと。

　王の寝室に侵入してきた彼を殺し、今日になってファイフの領地を授かったこと。

　そして『小王』の称号も同時に授かった、とこれらを順番に話していった。

「まあ、まあまあ、とても素晴らしいことですわ！　あなたは素晴らしい武将で、素晴らしい殿方で、素晴らしい夫です。胸を張って下さい！」

嬉しそうに手を合わせて微笑むフィリアの表情もこれまでの人生になかったほどに、晴れやかなものになっている。

こういうところからも、マクベスは自分にかかっていた予言の力がフィリアを含めて消えていることを確信していた。

「しかし、まさかマクダフがあのようなことをしでかすとは思ってもみなかった……」

「ええ、私もあの方はダンカン王に忠誠を誓(ちか)っていて、決して国を裏切ることのない重要な方だと思っていました。なぜ、あのようなことをしたのでしょうか？」

フィリアは夫の力になるために、世の中の情報をしっかりと集めているため、貴族についてもマクベスに劣らずよく理解していた。

「人の心というのは脆(もろ)く、弱く、流されやすい——そういうものなのかもしれない」

意味深な言葉を口にするマクベス。

今回は魔女についての話をするつもりも全くない。

そしてそれ以上のことを話すつもりはなく、ここで言葉を止める。

「――何が大事なのかを見極める目が必要、ということですね」

くしくもそう彼女が口にしたことで、マクベスは自然と自らの目へと手を伸ばしていく。

すっと静かに閉じた状態で瞼の上から眼球に触れる。

少し熱さを持っているのが、触れたことで感じられた。

（この眼があるおかげでマクダフの力を打ち消すことができた。だが、この力を同じように使って問題を解決するのはなかなか厳しいだろう）

マクダフを殺したあとは、しばらくまともに動けなかった。

立っているのがやっとな状態で、全身の力が抜けるのがわかった。

（思い返してみると、あれは命を削ったのか？　確か、魔女も覚悟が必要だと言っていたな。もう一度あれをやれば死んでしまう……）

そんな疑問が浮かんでしまうほどの消耗度であり、相手を殺す覚悟をもってしないと予言を打ち消すことができないことを実感している。

だからこそ、自らの予言をなんとかしようとした際に『小王』という新たな称号を作ることを考えた。

――あれは思いつきではあったが、結果として成功だった。

マクベスは自らの身体が解放されて軽くなったことを感じている。

フィリアにまで及んでいた予言の力がすっかり消えていることも魔眼で確認している。

つまり、もうマクベスは予言の力になにかを強制されることも、縛られることもない。

しかし、それで全てが解決したわけではない。

「もっとゆっくりお茶を楽しみたいところなんだが……少し、席を外してもらってもいいか？」

顔を上げたマクベスはフィリアに申し訳なさそうに言う。

せっかくゆっくりできる時間がやってきたのだから、そのまま話をしていたいという気持ちが彼にもある。

だが、彼には会わなければならない人物がいた。

その瞬間、部屋にノック音が響いた。

「マクベス、私だ。バンクォーだ」

それはマクベスが部屋に呼んでいた親友だった。

「あぁ、入ってくれ……すまないな、男同士でゆっくりと話させてくれ」

「はい、それでは失礼します。バンクォー様、ごゆっくり主人と話していってください」

笑顔で頷いて立ち上がったフィリアは、静かに一礼をして部屋を出ていく。

「……ん？　なんだ、夫婦水入らずで話をしていたのか。それなら、私はこないほうがよかったのではないか？」

彼女に気を遣わせてしまったと考えたバンクォーは「失敗したかな？」と頭を掻いている。

「いや、いいんだ。妻とはあとでゆっくりと話をできるからな。君はもうそろそろ領地に戻るのだろう？」

「そう、だな。そろそろ他の貴族もそれぞれの場所に戻って行っただろうから、私もそうしようとは思っている」

マクベスが呼んだため、バンクォーはまだ領地へは帰らずにここに滞在していた。

「引き留めて申しわけなかった。戦争が終わってからここまで、ゆっくり話す時間がとれなかったから、戻る前に少し親友と話そうと思ってな。まあ、かけてくれ」

マクベスは対面の席に座るように彼を促す。

「それでは失礼して……」

バンクォーが腰かけると、反対にマクベスは立ち上がってハーブティーを準備する。

フィリアがお湯を注ぐだけの状態にしておいてくれたため、すぐに用意することができた。

「妻のようにうまくはできていないだろうが、気分が安らぐはずだ」

先ほど自分が口にした時も心穏やかになったことを思い出して、その経験をバンクォーへと伝える。

「ふむ、長い付き合いだがお前が注いでくれたハーブティーを飲むのは初めてだな、どれ」

静かに口に運んでいく。

その様子をマクベスはまじまじと見ていた。

自分がハーブティーを飲む姿を見られているとバンクォーには感じられていただろうが、マクベスが見ているのはバンクォーをとりまく予言の力だった。

最初に見た時よりも、その力は昏さを増しており、大きくなっているように見える。

「お、美味いじゃないか！　こんな才能もあるとはな。戦いの天才で、茶を淹れる才まであるなんて、天は二物も三物も与え過ぎだろう。はっはっは」

口にしたハーブティーの味に感激したバンクォーはカラカラと笑っているが、彼の背中で力が揺らいだのが見えた。

「そうそう、言い忘れていたな。ファイフの領主、そして小王の称号――どちらもめでたい、おめでとう」

笑顔でバンクォーは手を差し出す。

なんの意図(いと)もなく、ただ親友であるマクベスを祝福したい――そんな笑顔を浮かべている裏で、予言の力は揺らめきを強くする。

彼に下された予言は恐らく一回目と同じ。

一つ、マクベスより小さくて、大きい。

二つ、それほどでもないが、マクベスより幸せ。

三つ、王にはならないが、血脈から王が生まれる。

この三つのはずである。

一つ目に関しては、彼の人柄(ひとがら)を表している。

二つ目は、マクベスよりも幸せというのは感じ方次第(しだい)であるため、なんともいえない。

しかし、最後の一つに関してはきっと強い想いがあるはずである。

バンクォー自身は己に王の素質があるとは思っていない。だが、息子のフリーアンスにはその才があると考えているようだった。

その状況にあってマクベスが出世の道をどんどん先に進んでいることは、それを実現させるための大きな障壁となる可能性がある。

わずか二日間の間に領地を二つ増やし、今まで誰も得たことのない新たな称号を得た。

そんな親友のことを表向きは喜んで見せているが、内心では燃えるような熱い嫉妬心が渦巻いているのだろうと予想できた。

「ありがとう、まさか私もこんなことになるとは思ってもみなかったよ。妻も喜んでくれているようだし、本当によかった。男たるものやはり大きな成果をもって妻を喜ばせたいと思っていたからな」

笑顔で言うマクベスに対して、バンクォーも笑顔だが、ギリッと奥歯を嚙みしめている。

「そうだ、これで三つの領地を持つことになったわけだが、君と奥さんはどこを居城とするつもりなんだ？　さすがに三か所は持て余すだろう？」

王の指示で宴を開いたため、今はインヴァネスの小城にいるが、ここを普段の住処にするつもりなのか、それとも別の場所に移動するつもりなのか。

バンクォーは今後のマクベスの拠点について質問している。

「そうだな……この小城も、コーダーも、それからファイフもとてもいい場所だ。だが、やはり住み慣れた場所が一番だろう。妻にはまだ話してはいないが、私はグラームズに戻るつもりだ」

これは事前に決めていたことでもある。

最初の人生で、最期の地として決めたグラームズ。

あの場所が自分の始まりの場所であるため、あの地に戻ってフィリアとともにいたいと考えていた。

「確かにあの場所は守りやすく、戦いやすい。それに美しい場所も多くあるから、奥さんと暮らすのにもいい場所だろう」

マクベスの発言を聞いたバンクォーは、彼の意見を後押しするように、その選択が正解であるかのような言葉かけをしていく。

「君もそう言ってくれるなら、自分の考えが間違っていないと思えるよ。あとで妻に話して、近いうちに戻るとしよう。こちらと、コーダーのほうは信頼できる人物に指示をだしておこうと考えている」

コーダーもファイフも、詳しくない自分が上に立って指示を出すよりも、詳しい人間、つまり前領主に仕えていた者たちを重用することで、現在の領民たちからも不満が出ないようにしようとしていた。

「なるほど、その方が波風たたずにうまく統治できるだろうな。戦術以外でもそういった考え方をできるのは素晴らしい」

言葉では褒めているが、マクベスにはどこかトゲがあるようにも感じられていた。

「それじゃ、私はそろそろ帰るとしよう。妻と息子のことも心配だからな。まあ、私がいなくてもフリーアンスは十分にやってくれるだろうが」

バンクォーは息子フリーアンスの名を口にした瞬間、頬がほころんでいた。

自分よりも優秀であると考えている、自慢の息子。

それに加えて、自分よりも多くの功績を残しているマクベスに対して唯一勝てる部分。

マクベスには子がいない。

夫婦のどちらに原因があるのかはわからないが、連れ添ってそれなりの年月が経過しているにもかかわらず、いっこうに子に恵まれる様子はみられなかった。

これについてはじっくりと時間をかけて話し合っており、二人はそのまま二人で生きていければいいと、今の生活に満足していた。

それでも、子どもがいるバンクォーのことを羨む気持ちはマクベスにもあった。

だからこそ、バンクォーは勝った、と誇らしげにしている。

「あぁ、君の息子は優秀だからな。きっといずれ大人物になるはずだ」

しかし、今日のマクベスはいつもと違って、心からフリーアンスのことを褒めていた。

「――っ⁉　……そ、そう言ってくれると息子も喜ぶだろう」

手放しで息子を褒められて、自分のもっていた嫉妬心が恥ずかしくなったバンクォーは慌てて立ち上がると、そそくさと部屋を出ていこうとする。

「大したお構いもできなくてすまない。茶菓子くらい出せればよかったのだが……なにごともなく帰れることを祈っている」

マクベスは、途中で雨に降られたり事故にあったりしないように、との思いを込めて彼に声をかけていた。

それに対してバンクォーは、瞳に猜疑心を満たして勢いよく振り返る。

数秒の間、見つめ合う形となる二人。

マクベスは切実なまでに、どうすれば彼を予言の力から解放してあげられるかと考えている。

対するバンクォーは、この男は自分と息子にとって害になるかもしれないと、強い想いを抱いていた。

マクベスはダンカン王に気に入られている。

我が子が王になるとしたら、最初の、そして最大の障壁になるのがマクベスになることは容易に予想ができる。

どうあってもマクベスをなんとかしなければ先に進むことができないのだと、バンクォーは思い知らされたような気持ちになっていた。

「実は、まだ話したいことがあったのだが……聞いてもらってもいいだろうか?」

マクベスは、これまでで一番真剣な表情になっている。

「あ、あぁ、なにを話されるのか少し怖いな」

バンクォーは緊張しており、口の渇きを感じていた。

ハーブティーを一口含んで湿らせる。

「先ほど、君の息子が優秀だという話をした。そして、我々夫婦には子がいない」

「そう、だな」

当たり前のことの確認である。

ゆえに、バンクォーは戸惑(とまど)っていた。

「私は複数の領地を所有しており、小王の称号も受けている」

「そのとおりだ」

ここで、バンクォーの身体を覆う黒いモヤが揺らいだ。

「だから、君の息子であるフリーアンスをいずれ養子に迎えたいと考えている」

「なっ！　なんだとっ！」

青天の霹靂とはこのことであり、まさかの提案にバンクォーは怒りに顔を真っ赤にして立ち上がる。

「マクベス、お前はいったいなにを言っているのだ！」

子がいないからフリーアンスを養子に迎え入れるなどという、とんでもないことを口にする友に怒りを隠せない。

「怒るのはもっともだ。だが、最後まで話を聞いてくれ」

揺らがない視線を向けるマクベスに対して、バンクォーは不満に思いながらも腰を下ろしていく。

「……話せ」

聞く価値がなければ、すぐにここを発てばいいと、バンクォーは一度聞く姿勢をとることにする。

「養子にしたい理由を話そう。先ほどから話しているが、私はいくつもの領地を持っている。しかし、私がいつまでも領主としていられるわけではない。だからこそ、若い者を後継者として育てたい。だが、君の息子以上に優秀な者を私は知らない」

策のためではあるが、この言葉に嘘はなく、マクベスのフリーアンスに対する評価は高い。

「もちろん、ただ養子にするだけでは君にとっては息子を失うだけになる。だから、私が彼に家督（かとく）を譲（ゆず）ったら、君たちには彼の後見人になってもらいたい」

ここまで聞くと、バンクォーの怒りも落ち着きを見せる。

「言いたいことはわかった。しかし、それでマクベス。君にはなんの得があるというのだ？　後継者がいないのは確かにそのとおりで、探すならフリーアンスに白羽の矢をたてるというのはわからなくはない」

好条件であるがゆえに、バンクォーはマクベスの真意を問いただす。

「……信じてもらえないかもしれないが、私は戦いに次ぐ戦いの人生に疲れている。だからこそ、優秀な若者に全てを託（たく）したいのだ。それが信頼のおける親友の息子で、その息子が優秀であるというなら、これ以上に適任はいないではないか！」

自らの熱い思いを、言葉にのせて語りかける。

マクベスの目からは嘘は微塵も感じられない。

「わかった。だが、フリーアンス本人が納得したならば、だ。私からはなにもいわない。背中を押すことも、引き留めることも。だから、あいつの心を動かすのはマクベス、お前の役目だ」

これがバンクォーの許せる最低限のラインであった。

「もちろんだとも」

それをする覚悟をマクベスは既に決めている。

そうして、二人はどちらともなく握手を交わした。

「ふっ、それでは私は帰るとしよう。さらばだ」

「あぁ、気をつけて……」

部屋を出ていったバンクォーの表情からは暗さが減っており、彼を覆う黒いモヤも薄くなっていた。

「……まずは一歩進んだな」

今回の自分の行いが、予言の力の解除に近づけさせたと感じている。だが、あくまで一歩目ということが疲労感を覚えさせていた。

第六話　新たな予言

どこにあるとも知れない、昏(くら)く深い洞窟(どうくつ)。

その奥の奥には三人の魔女がいた。

三人はなにもない空間に腰かけており、なにもない空間にティーカップが浮かんでいる。

彼女らの目には椅子(いす)とテーブルが映っており、ただそれを使っているだけであったが、それはまるで魔法で浮かんでいるかのようであった。

「マクベス、マクベス、マクベス、あの男はおかしい。予言のとおりに動かない」

一人がマクベスの行動についての疑問を口にする。

彼女たちはマクベスが王になるという予言をした。

王となるためにダンカン王の命を狙(ねら)わなければおかしい――それが彼女の考えである。

「マクベス、マクベス、マクベス、あの男はなにかが違う。定められているはずの動きをしない」

　この世界の人間はなにを考えて、どう動くのか決まっているはずであり、マクベスがそのとおりに動かないことは普通ではない。

　それが二人目の考えだった。

「マクベス、マクベス、マクベス、あの男の力は怖い。マクダフの予言を消した」

　怖い、といいながらも魔女の表情は無だ。

　魔女が告げる予言の力は絶対である。予言を達成しない限りは、その力から解き放たれることはない。

　それが、この世界の、魔女三人の予言の力のルールである。

「マクダフには、王を殺す者になるという予言を授けた」

　これはマクベスが予想していたものと一致していた。

　予言のとおりであれば、マクダフはダンカン王を殺していなければおかしい。

　もし、あの時に失敗していたとしても、王を殺すまでは生きているはずである。

　マクベス最初の人生の時には、マクベス夫妻がダンカン王を殺したため、殺す対象がマクベス王へと変化していた。

それに対して、魔女たちはマクベスに新たな予言を授けることで、更にあの状況を混乱させて楽しんでいた。

その結果、マクベス王が死んで、新たにマルカム王子が即位することとなった。

だが、今回のマクダフは既に死んでおり、誰を殺すことも叶わない。

つまり、予言が完全に打ち消されてしまったことを意味する。

そんなことは、魔女たちがこの世界に生まれ出てから一度もなかった。だからこそ、三人はマクベスのことを恐怖の対象として捉え始めていた。

「マクベスには王になるという予言を授けた」

しかし、マクベスは王になることを目指さず、小王という新たな称号を作ることで予言から解放された。

予言の内容の捉え方が変わることはありうる。

それと今回のマクベスの行動は別物である。

マクベスは自分が王になるという予言を逆手にとって、別の王を名乗ることで予言を達成していた。

「マクベス、あの男はちょっと邪魔だね」

すると、先ほどまでのおどけたような様子から打って変わって、真剣な表情になって話し始める。

「なぜあんなことができるのかわからないけど、あたしたちの予言の邪魔をしてくるのは気に食わないね」

すると、別の魔女も同じように雰囲気を変える。

「さて、邪魔なら、気に食わないならどうする？」

同じ結論に至ったらしく、そろって三人はニヤリと笑う。

そんな三人のことを少し離れた場所で見ている人物がいる。

「――やはり、動くのね」

隅のほうで魔女たちのやりとりを厳しい表情で見ていたのは、魔眼の魔女だった。

彼女の呟きは思いのほか大きなものであったが、予言の魔女たちの耳には届いていない。

三人の魔女は一切振り返ることもしない、気配を感じることもない。

まるでそこには誰もいないかのようだった……。

「では、早速出発するとしようかね」

「どこに行く？」

「決まっている」

三人は改めてそれぞれの意志を確認する。

「フリーアンスのもとへ」

三人の声はピッタリと揃う。

次の瞬間、三人は泡になって消えてしまった。

「………あの魔女たちはあなたの親友の子を動かすつもりみたいね。マクベス、ここがあなたの正念場かもしれないわ」

遥か遠く、マクベスがいるだろう方角を向いて呟くと、なにかを願うかのように魔眼の魔女は静かに目を閉じた。


バンクォーがマクベスと話して、インヴァネスの小城から領地へと戻ってから、半年ほどの月日が流れていた。

養子の件はマクベスが話すべきものだと考え、バンクォーはそのことには触れないようにしていた。

そんなある日、彼の息子フリーアンスは、気晴らしに馬に乗って遠出をしていた。

もちろん一人で出かけたわけではなく、数人の部下を連れている。

「ここも、自然が美しくていいんだけど……」

遠くを見ながら物悲しげに呟くフリーアンスは、ずっとこの地で生きてきた。そのことを考えると、複数の場所の領主になったと聞いたマクベスを羨ましく感じていた。

「――代り映えのしない、いつもの光景」

ぼんやりしながら発した言葉が自らに影を落とす。

「いや、そんなことを言っていても仕方……」

そこまで呟いたところで、フリーアンスは違和感を覚える。

森が静かだった。

ただ静かなだけではなく、鳥の鳴き声も、動物の息遣いも、木々のざわめきも、風が通り抜ける音も聞こえない。

「な、なんだ？」

気づけば連れて来たはずの部下たちの姿もない。

ここには、いや世界にはフリーアンスしかいないのではないか？　そんな風に思わせるほどの強い孤独感が彼を襲う。

次の瞬間、森だったはずが、一瞬で荒野へと姿を変える。

「……なっ⁉」

美しい緑の木々はなくなり、枯れた木がいくつかある程度である。

もちろん人や動物の気配もなく、ただ静かに寂れた風景だ。

「この場所は……」

しかし、そんな場所にフリーアンスは見覚えがあった。

それがどこなのか、少し見回していくとすぐにわかることとなる。

「戦場の近くの、あの荒野、か？」

彼は父であるバンクォーの配下として、戦争に参加していた。

空気も戦場だった場所特有の匂いがする。

鉄と血と汗が入り混じった、あの匂い……。

すると遠くからうねうねと踊りながら三人の魔女が近づいて来るのが見えた。

およそ人の動きとは思えない、不思議な動きの彼女たちを見て、フリーアンスは腰の剣を引き抜く。

「何者だ！」

フリーアンスが覇気をともなった声をぶつけるが、魔女たちは意にも介していない様子でニヤニヤと笑っている。

「なにを笑っている！」

それが一層フリーアンスを苛立たせていた。

「これはこれはフリーアンス様！　話を聞いて下され！」

「これはこれはフリーアンス様！　剣をお納め下され！」

「これはこれはフリーアンス様！　我々の話を聞いて下され！」

苛立つフリーアンスをなだめるように大げさな動きで近づいてきた魔女たち。

深々と頭を下げて、フリーアンスへと敬意を示して話を聞いてもらおうとする。

彼にしてみれば得体のしれない相手の言葉に耳を傾けたいとは思わない。

だが、無視できないなにかを感じてもいた。

「――わかった。なにを言いたいのか話してみせよ。ただ言っておくが、ふざけた内容であれば許さんぞ！」

いつもの冷静なフリーアンスであれば、このような怪しい者たちの言葉に耳を貸すことはなく、すぐに殺すか別の道に進むところである。

しかし、この者たちの言葉に耳を貸したいという思いが湧（わ）いてきていることを感じている。

「フリーアンス様にお祝い申し上げます。マクベス様より幸せ！」

「フリーアンス様にお祝い申し上げます。マクベス様より優れている！」

「フリーアンス様にお祝い申し上げます。あなたの父バンクォーは、王となる一族を生み出す者！」

　魔女はいつものように予言を口にする。

「私が、王に？」

　思ってもみなかった話にフリーアンスは驚きのあまり、口元に手をあてる。

　予言の力がかすかにフリーアンスを覆う。

「フリーアンス様、マクベス様も同じように予言を受けています」

　これは予言ではなく、魔女からのささやき。

「あの方も、なのか？」

　魔女たちの言葉は、彼の心を揺り動かす。

「そのとおりです。だから、あのように順風満帆な人生を送れているのですよ」

「そのとおりです。だから、いつもあなたよりも大きな功績を残しているのですよ」

「そのとおりです。だから、あの男は王に気に入られているのですよ」

　同じような言葉を繰り返す三人の魔女。

　しかし、この三つの言葉はフリーアンスの心に強く突き刺さっていた。

「ッ……だからか、だからなのか！　マクベスばかりがいい結果を残せたのにはそんな理由があったのかッ！」

ギリッと拳を強く握ったフリーアンスは怒りの形相で天を仰ぎ、心の内をさらけ出す。

それを見た魔女たちはニヤリと笑う。

まるで彼を縛る鎖のように、フリーアンスの身体を予言の力が包み込んでいく。その色は父バンクォーのものよりも昏く、重い闇となっていた。

その力は身体の中へと深く浸透していき、フリーアンスの心を闇に染めていく。

「許せない……あいつがいたら、私が王になれなくなってしまう！」

ぐらりと顔を俯かせたと思った次の瞬間、顔を上げたフリーアンスの眼差しは仄暗さをにじませた淀んだものとなっていた。

王に気に入られ、小王などと名乗り、戦争の英雄で、王族の命の恩人マクベス。

そんな大人物は早々に排除しなければ、バンクォーの血筋が王を輩出することも叶わない。

「私が王となるために、マクベスを……討つ！」

既に正気を失っているフリーアンスは、父の親友であるマクベスを討つことこそが正義だと、それこそが自らが成すべきことであると強く思わされていた。

この姿を見届けて満足した魔女たちは姿を消す。

まるでそこに誰もいなかったかのように、ただ泡だけが残されていた。

沈黙が広がり、フリーアンスの顔に強い風が襲いかかる。

「――うわっ！」

急な突風に思わず目を閉じて、手で顔を覆ってしまう。

風はわずか数秒の間吹きつけただけである。

それと同時に、空気が変わったのをフリーアンスは感じ取った。

「森の、匂い……」

荒野の暗い空気から一変、慣れ親しんだ森の新鮮な空気が肺に飛び込んでくる。

そう呟くのとほぼ同時に、離れた場所から彼に呼びかけてくる声が聞こえてくる。

「フリーアンス様！」

聞き覚えのあるその声は彼の部下の声だった。

「フリーアンス様！　大丈夫ですか！」

主の姿を見失ってしまっていた部下たちは慌てた様子で彼のもとへと駆け寄っていく。

「……ああ、問題ない」

「フリーアンス様……？」

どこか感情のない返事に部下は戸惑いながら彼の名を呼ぶ。

虚空を見つめながら何かを思案している。いつもと違うフリーアンスの姿に、部下はこれ以上声をかけられずにいた。

フリーアンスの頭の中は、どうすればマクベスを殺すことができるのかでいっぱいだ。

しばらくは思案にふけるが、急にフリーアンスは部下たちに視線を向ける。

「戻るぞ！」

それだけ言うと、踵を返すようにフリーアンスは馬を城へ向けて走らせた。

「は、はい！」

急な言葉に驚きつつも、部下たちは慌てて彼のあとを追いかけていく。

フリーアンスは部下のことを思いやり、温かい心を持った、誰からも好かれる領主として評判であった。

そんな優しいはずの彼が厳しい声音で命令したあとは無言で馬を走らせている。

ここに来るまでも様子はおかしかったが、一層おかしくなったように感じた部下は、フリーアンスの背中を見つめながら強い不安にかられていた。

第七話　裏切り

城に戻るなり、フリーアンスは領地に所属する兵士たち全員に召集をかけていく。

急なことであったため、全員がすぐに集まるのは難しく、そのことがフリーアンスを苛立たせていた。

「――ちっ、全員集まれと言ったはずだが。どうしてこんなに集まりが悪い！」

普段ならば舌打ちや叱責(しっせき)の声を上げることのない心優しいフリーアンス。

いつもの彼からは想像もできない姿を前に、誰もが違和感を覚えていた。

「まあ、いい。少し話をしよう……私の父バンクォーは武将として特筆すべき才能はもっていない。剣も知略もそこそこ程度だ」

彼は苛立ち交じりで(ま)そう吐き捨てるが、決してバンクォーは将として劣(おと)っているなどということはない。

それでもマクベスと比較するとどうしても見劣りしてしまう。

「だが、父には誇るべき強さを持つ兵たちがいる！」

　この言葉に兵士たちは震えた。

　兵士などというのはただの駒で、人数さえいればいいと思う武将は数多い。

　その中にあって、フリーアンスは個々の能力の高さを評価してくれていた。

　普段と違うフリーアンスの様子に戸惑ってはいた兵士たちだが、褒めてもらえたことでそんな不安もどこかへ行ってしまう。

「しかあし！　それでもまだ力が足りない。まだまだ諸君には伸びしろがあるはずだ！」

　現在の兵力では、マクベスが率いる軍に勝てるとは思えない。

　しかしノルウェー軍との戦いが終わり、一部の残党狩りに任命された者以外は当分の間、休憩を与えられているはずである。

　それが、大きなチャンスを生むとバンクォーは考えていた。

「他の領地では戦いを終えた今、兵士は休養をとるよう指示を出しているだろう。だが、私は違うぞ！」

　姿勢をただし、兵士たちを睨みつけるかの如く強い視線で見ていく。

　空気は冷たく張りつめ、誰かが喉を鳴らした音が聞こえる。

「本日より鍛錬を行う！　武器も新しいものを用意させる。いつでも戦えるようにな！」

さすがにこの言葉には皆がざわつき始める。

目下の敵として考えられていたノルウェー軍との戦いは終わった。

このスコットランドはダンカン王によって統治されており、内乱も起こっておらず、今回反旗を翻したマクドンウォルドとマクダフのような者たちは長らく現れていない。

どちらもマクベス、もしくはマクベス率いる軍に負けた者たちであり、彼がいる限りはこれ以上動く者はいないと思われる。

それなら、なぜ彼らは鍛えなければいけないのか？

なにと戦うことを想定しているのか？

どうしてこのタイミングで戦いの準備を整えているのか？

多くの疑問が兵士たちの頭に浮かびあがる。

「父には才能はないが、私は違う！」

ここでついに彼の決意表明が始まる。

「私は、父はもちろんのこと、他の武将を上回る才を持っている大きな男だ」

フリーアンスの父方の祖父は、頭がよく剣の腕前も一級品だった。

フリーアンスは、その才能を受け継いでいるため剣の腕前はかなりのもので、頭のきれる人物である。

「私が明るい未来に進むことで、みなの暮らしも更によくなるだろう。だがそれには障壁となる者がいる……そのためにも、今のうちから全力で鍛え上げてほしい！」

領主である父ではなく自分の、そして兵士たちの未来のためにもフリーアンスは今こそ動かなければならないと熱い檄を飛ばす。

いつものフリーアンスが急にこんなことを口にすれば、さすがに素直に聞き入れられなかったかもしれない。

まだ、彼は後継者という立場であり、領主はバンクォーである。

しかし、予言の力が彼の言葉を後押ししていた。

「さすがフリーアンス様だ。我々のことまで考えてくれている！」

「フリーアンス様のことを盛り立てていくぞ！」

「フリーアンス様万歳！」

兵士たちは完全にフリーアンスの演説に取り込まれていた。

心に訴えるものであったか、信頼に足るものであったか、命をかける価値のある話だったか、と聞かれればそれほどでもない。

だが、予言の力の強制力が彼らの心をフリーアンスに味方するように動かしていく。

この日から、練兵が続いていた。

戦争に備えたそれは熾烈を極め、訓練の段階でも脱落していく者もいた。

まさに命がけで勝利を目指すために、フリーアンスは油断や慢心を許さずに本気で鍛え上げていた。

それはこの日より毎日行われた。

並行して、フリーアンスは各地から武器や防具などを仕入れていく。

金に糸目をつけることはなく、それでも戦争の準備をしていることがばれないように、仕入れ先を少しずつ変えた。

一度に大量にということはせずに調整をすることで、他からの疑念を避けている。

練兵の様子を見ていたバンクォーはもちろんフリーアンスを止める。

「いったいお前はなにをやっているんだ！」

現在の領主はバンクォーであり、フリーアンスに兵士を動かす実権はないため激怒した。

「も、申し訳ありません。私は父上や母上、そして領民を幸せにするために動いていたのです。ですが、父上のご意向に逆らうような形になっているのであれば謝罪します」

咎(とが)められたフリーアンスは素直に頭を下げ謝罪する。

「わ、わかればいい。今後はこのように皆を乱すようなことはするな」

「承知いたしました」

なんら反論することなく、指摘を受け入れた息子を見て、バンクォーはそれ以上の言葉を飲み込むことにした。

彼の姿が見えなくなったところでフリーアンスは顔をあげる。

その目には父への黒い感情が渦巻(うずま)いていた。

「フリーアンス様！」

そんなやりとりを見ていた兵士たちが駆け寄る。

「大丈夫だ。これからは父に見つからないように動くぞ。大義は我々にある。私は父より優れ、英雄マクベスをも超える者だ」

この続きは口にはしないが、父が王となる一族の者を生み出すという予言も彼の行動を後押しする。


そして時は流れ、三か月が経過する。

「そろそろ、よき時かもしれんな……」

フリーアンスは自らが出世するための最大の障壁であるマクベスを殺すと決めた。

だが、そのことは父には伝えていない。父に伝えれば止めることはわかっている。

だから教える必要がないと考えていた。

筋書きとしてはこうである。

フリーアンスは父を経由したマクベスとの交流の中で、彼が小王では物足りずにダンカン王へと反旗を翻そうとしている情報を手に入れてしまった。

父は彼をかばおうと思い、心の中に秘めようとした。

そのことを信じられないマクベスは、バンクォーに暗殺者を放った。

自分は仇討ちのために、そして暴虐の限りをつくすマクベスを止めるために挙兵した。

——そういうストーリーでいくつもりである。

それを成すために圧倒的なまでの戦力を整えていた。

一気に制圧していくことで、本来の理由が漏れることなく、マクベスの口を封じることができる。

この完璧な作戦であれば、きっと目的を果たすことができる。

自らが王に。

予言の力に飲み込まれているフリーアンスの目は淀み切って真っ赤に充血しており、まるで人ではないのではないかと思うほどでもあった。

この策の第一歩として、フリーアンスは自らの父であるバンクォーを手にかけようと動く。

兵士や家の者たちは全てフリーアンスの手にあり、誰一人逆らう者はいない。

母が出かけている隙に、バンクォーの部屋へと向かう。

「フリーアンス様、バンクォーの姿がありません！」

先に部屋へと入った部下が報告する。

「なんだと！」

フリーアンスも慌てて部屋に飛び込むが、もぬけの殻となっていた。

「ベッドも冷たい……いつからだ！」

バンクォーが部屋から出ていないことは監視していた兵士から報告があがっている。

「わ、わかりません！　さ、探せ！」

一体どこに行ったのか、行方不明となったバンクォーの捜索が始まる。

彼は昨晩、日が落ちたのと同時に出入りの業者に紛れて城を抜け出していた。唯一信じられる部下に偽装を頼んだため、ここまで誰一人として気づくことなく経過していた。

バンクォーはマクベスから手紙で忠告を受けていた。

『フリーアンスの動向に注意しろ。もし不穏な動きが見られたら次は君に危険が迫るはずだ。親友である君が息子に殺されるのを見たくない。いつでも私を頼って来てくれ』

というものである。

この手紙を最初に読んだ時には、我が親友は頭がおかしくなったのかとすら思えていた。

しかし、兵士を集め練兵の指示を出し、他の領地に知られないように少しずつ武具を揃えているのを見、フリーアンスに付き従う兵士たちを見て助言が正しいことを確信した。

そこからは、気づかれないように城から逃亡する計画をたて、昨晩実行に移していたのだ。

しばらくの間、フリーアンスは周辺の捜索を行ったが、バンクォーを見つけることはできなかった。素早く切り替えて、兵士たちを集める。

「バンクォーの姿を見つけることは敵わなかった……しかし、落胆することはない。あの男はやはり人の上に立つには不向きな人間だったのだ！」

父を殺せなかったことはつまずきの一つではあったが、それを自分の追い風にかえていく。

「領地を捨てた男のことは忘れよ！　そして、私は領主となることを宣言する！」

「おおぉ！」

「フリーアンス様、万歳！」

彼の言葉に、兵士たちは全員が歓声をあげている。

涙を流す者までいるほどだった。

王命があったわけではなく、正式に認められた領主ではない。

だが、フリーアンスに迷いはなく、マクベスとバンクォー両名を討ち、領主になる道が見えていた。

「恐らくやつはマクベスのもとへと向かったはずだ。どうせ二人とも殺す予定だったのだから、ちょうどいい。二人とも一網打尽にするぞ！」

フリーアンスの声に全員が「おぉ！」と大きな声で反応する。

彼が受けた予言の力に飲まれている兵士たちは、フリーアンスの言葉に疑いを持たない。

「みんな、この三か月の間、よく厳しい訓練に耐えてくれた！　また、途中で脱落した者たちも全力でやってくれた結果である。決して蔑むなかれ。むしろそんな彼らの犠牲があったうえで、今の我々があるといっても過言ではない！」

「おぉ！」

一人が返事をすると、次々に兵士たちが声をあげていく。

そして、フリーアンスが右手をあげるとピタリとざわめきが収まった。

「これより我々が行うことは、ともすれば反逆だととらえる者もいるかもしれない。だが、それがなんだ！　私たちは私たちの理想に向かって剣をとる！」

「おぉ！」

フリーアンスの力強い演説に興奮した全員が剣を天に向かって掲げる。

まるで剣が空を切り裂いたかのように雲が消えて、光が差し込む。

「後世の歴史家は言うだろう。フリーアンスたちは英雄だと！」

「おぉ！」

今度は全員が地面を蹴る。

まるで地震でも起きたかのように地面が揺れる。

「心に誓う。必ずや、この戦いに勝利して我らの血族から王たる者を出すと！」

「おおおおぉ！」

フリーアンスが自らの胸をドンッと叩くと、兵士たちもそれにならって自らの胸に拳を打ちつけた。

まるで自らに新たな魂が込められたかのような熱さをそれぞれが感じていた。

「あとは、結果を残すのみだ」

まるでフリーアンスの意思を読み取ったかのように、全てが静まり返る。

「出陣」

低く、重い声。

その声は不思議と全員の耳に届いていた。

「おおおおおおおおおぉ！」

今までで一番の呼応が周囲に広がっていき、フリーアンス軍は出発する。

マクベスが治める、グラームズへと向かって……。

この様子を離れた場所から暗い表情で見ている人物がいた。

「フリーアンス……」

それはバンクォーだった。

彼は城を事前に抜け出てから離れた場所に隠れていた。

「なぜ、こんなことを……」

彼は息子のことを大事に思っていた。

「あなた……」

その隣では、バンクォーの妻、つまりフリーアンスの母も同じように出陣する姿を見守っていた。

「なんでこんなことに………」

痛む胸の苦しさに耐えきれなくなった彼女は、膝をついて涙にくれてしまう。

彼女もフリーアンスの変化を最も近くで感じていた。

常に野心に満ちたギラギラとした目をしていて、部下にも厳しくあたる。

時には止めようとした彼女にもきつい言葉を発することがあった。

「恐らくあいつを甘言に乗せたものがいる。それは人知をはるかに超える存在であり、一度は私も同じような状況にあった。それを助けるかのように、声をかけてくれたのがマクベスだ。きっとあいつも、兵士たちも力に飲み込まれているのだ」

この地の兵士たちは決して弱くはない。

だが戦争を是とする考えを持っているわけでもなく、戦いに命をかけるというよりも家族を守ることを重視している者たちの集まりだった。

しかし、今のフリーアンスについていく彼らは戦争に勝つことを正義と考えている。それは本来の彼らの想いとはことなるのではないかと、フリーアンスは彼らの変化にも強い疑問を感じていた。

「……私は急ぎ行かねばならない。あいつのこともなんとかしようと思う。だから、私を信じて城で待っていてくれ。きっと、きっと大丈夫だ」

泣き崩れる妻の肩をそっとつかんだバンクォーは力強くそう告げる。

彼には確信がある。マクベスならきっとなんとかしてくれる、と。

「あなた……わかりました。この城は私がみんなと共に守り抜いて見せます」

呆然と夫の言葉を聞いていた彼女も気持ちを感じ取ったのか、涙を拭いて立ち上がる。

そして気丈に振る舞って弓を放つ真似をして見せた。

「頼もしいな。では、名残惜しいが、私は出発しようと思う。無事でいてくれ」

「ええ、あなたも」

妻はギュッとバンクォーのことを抱きしめると、すぐに離れた。

バンクォーが行動するのに、これ以上の時間をとらせるわけにはいかない。

「いってくる!」

バンクォーもそのことを重々承知しており、馬に乗って出発すると振り返ることはなかった。

「――どうか、息子と夫をお守り下さい」

彼女が祈ったのは神にではなかった。

この世界に神がいるかどうかはわからない。

だがもし彼女の想いを叶えるとしたら、マクベス以外にいるとは思えない。

そのマクベスのことをフリーアンスは討とうと向かっている。

敵対する関係になるわけだが、それでもマクベスならなんとかしてくれるかもしれない。

昔から夫とともにマクベスと仲良くしていた彼女だからこそ、彼ならば、と期待せずにはいられなかった。

父と母がそのような想いを抱いているとは知らないフリーアンスは、グラームズへと一直線に進軍している。

もちろんこれほどの人数ともなると全速力でというわけにはいかず、一般的な行軍速度にはなっていた。

これを可能とするために、フリーアンスは事前に根回しをしている。

他の領地を通る必要があるため、黙認してもらうよう多額の金を渡していたのだ。

しかも、戦争に手を貸したと思われないように、バンクォーはあくまで軍事演習のための移動だとしていた。

領地の通過を見逃すだけで、金がもらえるとあれば断る者はいない。

そして、フリーアンスは通過する理由を父の親友であるマクベスのもとへ向かうとだけ説明していたため、彼らの仲を知っている者であれば深く理由は聞かなかった。

こうして、フリーアンスたちは順調に進んで行く。

彼らは数日のうちにグラームズが見える距離まで到着することとなった。

「……あそこがグラームズの城だ」

フリーアンスたちは城から見えるバーナムの大森林に潜んでいた。

「あの城は鉄壁と言われている。これまでに、マクベスがあの城の防衛についた時に負けたことはない。それどころか、毎回大勝をおさめているほどだそうだ」

広大な森を抜けて、更にダンシネインの丘を登っていかなければグラームズへ攻め込むことはできない。

この立地であれば、高い位置から見下ろすことができるため、防衛側は攻め込んでくる相手を見逃すことはない。

高い位置からの弓による攻撃は、登っていく側からすれば脅威であり、下手をすればそれだけで全滅も考えられる。

しかも、それを率いているのが勇将マクベス。

ここからはひとつとしてミスは許されない。

だからこそ、フリーアンスは改めて説明を始めていた。

「どうやってあの城に攻め込めばいいのか？　私はそれを考えた。みんなの中にも一緒に考えてくれた者もいる」

フリーアンスは自分には経験が足らないと思っている。

剣技や戦略に長けていても、戦いの経験が少ない。

だからこそ、今回の戦いにあたって多くの部下の意見に耳を傾けていた。

その結果として出た結論は、森に紛れる——というものだった。

「事前に準備してあったとおりに、木の枝や葉を使って森の一部に擬態するぞ」

今は昼間であるが、夜までにその準備をして紛れることで、グラームズ側から気づかれないようにするというのが、フリーアンスたちの立てた作戦だった。

もちろん本人たちが知る由はないが、この作戦はくしくも最初のマクベスの人生でマクダフがとったのとほぼ同一の作戦である。

そして、マクダフは見事マクベスに勝利した。

だからこそ今回フリーアンスが同じ作戦をとったのは、彼を勝利へと導いているとも思える。

もし、この場所に予言の魔女がいたらほくそえんで見ていたかもしれない。

天はフリーアンスに味方をしたと宣言するかもしれない。

マクベスの敗北を高らかにうたうかもしれない。

そんな状況にあって、フリーアンスは慎重に動いていた。

明るい間は声を潜めて森の中に待機して隠れ続ける。

そして、夜の帳(とばり)が降りた頃(ころ)に彼らは行動を始めていた。月明かりだけを頼りに、火を点(つ)けるようなことはしない。

完全に姿を隠した状態で攻めるために動く。

「みんな、行くぞ！」

フリーアンスの言葉に全員が静かに頷いた。

先頭の者から順番に動いていく。

昼間なら、木々に扮した人が動いているかのように思えただろう。

しかし、闇に紛れることでそれを感じさせないようにしている。

幸いなことに先ほどまで煌々と照らしていた月は大きな雲によって、その姿を隠している。

全ての状況がフリーアンス軍に味方している。

これで万が一マクベスが勝つことがあれば、それこそ神に愛されているとしかいいようがないだろう。

フリーアンスはそう確信しながらグラームズへの距離を縮めていた。

いくつかの火が揺らめいているのは見えるが、グラームズからはフリーアンスたちに気づいた様子は感じられない。

（いくぞ）

先行部隊が合図をする。

城壁に梯子をかけて、そこを少数精鋭で登っていき、内側から扉をあけるという作戦だ。

静かに梯子は運ばれていき、かけられると一気に上がっていく。

いつでも戦闘に入れるように、ナイフを手に持っている。

見つかればすぐに投げつけて声を出させないようにするためだ。

もしくはそれを牽制として、すぐに腰の剣を抜いて攻撃に転じる。

そのあたりの訓練も入念に行っていた。

この城にフリーアンスは何度か訪れているがゆえに、強い部分も弱い部分も知っていた。

西側は重要な設備がないため比較的警備が甘く、そちらから忍び込めば見つかる可能性は低い。

一人が登りきると、安全を確認して後続を呼んで、合計三人が城壁へと上がる。

三人は上がりきると、城門の開放のために素早く移動していく。

外にいる者たちはその様子を見て安堵の笑顔になっていた。

いよいよグラームズへと突入ができる、と。

先行部隊は素早く門にかかっている閂を外していく。

「よくやった」

フリーアンスが労いの声をかけるが、先行部隊の三人の表情は芳しくない。

「……どうかしたのか？」

声を抑えているが、この状況でなにかがあったのであれば、作戦を切り替える必要があるため、慌てて問いただす。

「あ、いえ、その、誰もいないのです……」

その言葉にフリーアンスをはじめとする全員が訝しげな表情で首を傾げてしまう。

グラームズの城はマクベスの居城であり、こちらを拠点にするという話は父がマクベス本人から聞き出した情報である。

にもかかわらず、誰もいないというありえない言葉。それに驚いたフリーアンスは慌てて城内へと飛び込んでいく。

かがり火がいくつか揺らめいているものの、確かに人の気配がない。

見張りも見回りの兵士もいない。

「い、いや、これは我々を油断させるための罠だ。きっとどこかに隠れているはず！　探せ！」

フリーアンスの指示で、次々に兵士が城内へと入り込んでくる。

しかし、最初の報告にあったように城の中はもぬけの殻となっていた。

「フリーアンス様、やはり誰もいないようです！　いかがなさいますか？」

本来であれば、城内に忍び込んだ後は極力戦闘を避けてマクベスの命を奪うという作戦で動いていた。

それが根本から崩れたとあって、どう動けばいいのか、全員がフリーアンスの指示を待っている。

戦いにならなかったのはいいことだが、戦うべき思いでいたところに、完全に肩透かしという形になってしまっていた。

「とにかくこれでグラームズは我々が占拠したこととなりますし、見たところ食料などは全て残っているようです。それらを飲み食いして、少し休息をとるのはどうでしょう？」

「ふむ、そうするか」

途中途中で休憩はとっていたものの、ずっと移動をしてきたため、ほとんどの兵士が強い疲労に襲われている。

だからこそ、この休憩はありがたかった。

理由はわからないが、誰もいないという状況であれば戦いになることもないだろうと、全員の気持ちが緩み始めている。

それは、フリーアンスも例外ではなかった。

「ふん、まさか長いこと統治していたグラームズを捨てて逃げ出すとは、マクベスなど恐れるにたらず！　この城は我々のものだ！」

逃げ出したマクベスのことを馬鹿にするかのように話し、自らの勝利を宣言する。

「おぉ！　さすがフリーアンス様だ！」

「マクベスは弱虫だ！」

兵士たちもその言葉に賛同して、フリーアンスを称賛し、マクベスを馬鹿にしていく。

城には食料だけでなく、豊富な酒が貯蔵されており、誰かがそれを呑み始める。

一人が呑めば、それは止まることなく広がっていき、やがてほとんどの者が酒を呑みだした。

見張りのために断っていた者もいたが、フリーアンス自ら酒を勧めてきたため、断ることができずに口にしてしまう。

一口が二口に、二口が一杯に、一杯が大量に、どれだけ呑んだのかわからないほどに酒はあっという間に消費されていく。

勝利の美酒と、緊張からの解放。

故に、誰も気づかなかった――地響きが近づいていることに。

「マ、マクベス！　大丈夫か？」

この質問をしているのは、バンクォーだった。

彼はマクベスの隣で馬を走らせている。

領地を出る時に乗っていたのとは別の、新しくマクベスが用意してくれた馬だった。

「大丈夫、というのが何に対してなのかにもよるが……まあ、大丈夫だろう」

神妙な面持ち（おもも）ちのマクベスは全速力で馬を走らせているにもかかわらず、落ち着いた様子で彼の質問に答えている。

これから起こることにバンクォーは不安しかない。

だから、どのことについてというよりも、今回の件全てにおいて大丈夫なのか？と質問していた。

グラームズに攻め込んだはずの息子は大丈夫なのか。

そもそもグラームズは大丈夫なのか。

これから向かうにあたって練兵を重ねたフリーアンス軍に勝てるのか。

戦ったあと、息子と自分はどうなるのか。

彼の質問は、それら全てをひっくるめている。

「まあ、大丈夫などという言葉を聞いて、安易（あんい）に納得はできないだろうな。だから、私からバンクォーに言えることは一つ……覚悟を決めておけ。心に強い一つの、なにが起こったとしても負けることのない、そして起きたことを受け入れる覚悟を持っておくんだ」

真剣な表情で言い聞かせるようにそう言うマクベスの言葉は、バンクォーに背筋を伸ばさせるだけの力を持っている。

彼の親友であり、英雄ともいわれている小王マクベス。

彼には多くのことが見えていて、バンクォーはそんな彼を頼ることを決意していた。

しかし、彼の言葉で、自身にまだまだ甘さがあることを実感する。

(そうだ、マクベスに委ねるのではなく、自分で考えて自分で向き合わなければ。もし、息子がなにかしでかそうとしたら、私の手で……)

バンクォーは父としてではなく、一人の男バンクォーとして全てを受け入れ、立ち向かう思いが芽生え始めていた。

(ふむ、少しはいい顔になったな)

そんな彼を見たマクベスは、友の覚悟を決めた顔を快く思っていた。

息子の挙兵を見たバンクォーは、マクベスにそのことを報告に向かった。

単独での移動であるため、隊列を気にする必要はなく、フリーアンス軍を上回る速度で報告することができた。

マクベスより事前に手紙をもらっていたからこそ、すぐに動くことができた。

そう遠くないうちに、普段とは異なる行動を始めるはずであり、それは国にとって必ずしも良いこととならないということ。

困ったことがあれば、気づいたことがあれば、いつでも力になるということ。

それらを伝えるための手紙である。

読んだ当初はバンクォーもマクベスのことを信用できなかった。

（まさか、息子が本当にこんな大きなことを起こすなんて、あの時の私には考えもつかなかった……）

当時のマクベスを疑った自分のことをバンクォーは恥じている。

だからこそ、今はマクベスとともにグラームズへと向かっており、なにがあったとしても息子のことを正すと強く決めている。

そんな彼らは、もう少しでグラームズへと到着するというところまで来ていた。

「みんな、城から出られないように全ての出入り口を封鎖してくれ。私と騎兵隊長のマックスとバンクォー、あと数人で中に向かう」

突入するメンバーは事前に決めており、全て作戦通りに行っていく。

マクベスは突入したフリーアンス軍が酒を呑んで、使いものにならなくなっていることを予見している。

だからこそ、少数精鋭での突入を反対していた彼の腹心たちも、渋々ながら今回のことを認めていた。

正面の門はフリーアンスたちによって開け放たれている。

しかし、万が一を考えて彼らは隠し通路から城内へと入っていく。

通路は謁見の間に通じており、マクベスたちはそこから密かに侵入をする。

誰もいないこの場所に用のある者はおらず、みなが食堂で宴に参加している。

それもマクベスが読み切っていた。

そちらへ向かっていくと、一人の兵士がトイレに行こうと食堂を出てくるのを発見する。

(ちょうどいい。彼を捕獲しよう)

マクベスがそう言うと、マックスが素早く動いていく。

全員が黒ずくめの格好で、闇に紛れて動けるようにしているため、気づかれることなく背後に回って素早く動きを封じる。

(お待たせしました)

マックスは男に猿ぐつわをかまして話せないようにしており、手も後ろで縛って完全に動きを封じていた。

この場所で尋問しては大声を出されてしまい、彼らの侵入がばれてしまうかもしれない。

少し離れた部屋へと移動していく。

「さて、猿ぐつわを外すか」

マクベスの指示に従って、マックスが外していく。

「ぷはあ……！　な、なんなんだお前たちは！」

「黙れ」

マックスは低い声でそう告げると、ナイフを男の首元にあてる。

「いいか？　我々はなにもお前でなくてもよかったんだ。誰でもよかった。わかるな？」

いつでも殺す用意はできているとマックスはその意思を言葉とナイフで伝えていた。

ひゅっと息をのんだ男は無言のまま何度も頷いて見せた。

「おとなしくしてくれて助かる。知っていることを素直に答えてくれれば、最後には傷つけずに解放するつもりだ。いいか？」

マクベスの問いかけにも男は何度も頷いて見せた。

「さて、それでは聞こうか……」

なにを質問されるのかと、男は緊張から汗だくになっていた。

命を握られている以上、知っている内容であればなんでも話すつもりである。

しかし、もし知らないことについて聞かれた時に知らないと答えて信じてもらえなければ拷問されるかもしれない。

それでも知らないことには答えられない――それを恐れていた。

「なあに、簡単なことを聞くだけだ。お前たちは、いつくらいにこのグラームズへとやってきて、どれくらい前に宴会を始めたんだ？」

質問された内容が予想外過ぎたため、男はキョトンとしてしまう。

いつここに来て、いつから宴会を始めたか。

そんな本当に誰にでも答えられるようなことを質問されている事実に驚いていた。

「おい、早く答えろ」

ポカンとしている男をマックスが急かす。

「まあまあ、そんな風に恫喝したら言えるものも言えなくなるだろう。さあ、あいつは近づけないようにするから、私の質問に答えてくれるか？」

マクベスはニコリと優しい笑顔を浮かべて男に声をかける。

それくらいのことで命が助かるのなら、と男はすぐ口を開いた。

「あ、あの、ここに来たのは確か、今から三時間ほど前だと思います。宴会に関しては、誰もいないことを確認したあとなので、恐らく二時間前くらいだと……」

その答えに満足したマクベスはすっと立ちあがった。

「なるほど、ならそろそろだな……」

マクベスはそれ以降、男を一顧だにせず、部屋の扉近くへと移動していく。

「あ、あの、お、俺は……？」

縛られた状態で転がされたままでいるため、男はどうなってしまうのか、マクベスに問いかける。

「あぁ、大丈夫だ。全て終わったら解放してやる。それまではそこで眠っているといい」

そう言うと、マクベスたちは縛られたままの男を放置して部屋を出て行く。

「お、おい！　助けてくれよ。せめてトイレに行かせてくれ！」

男はなんとか助けを請うが、誰も一度として振り返らずに部屋を出て行ってしまった。

扉がしまったところで、マクベスは扉に耳をあてて中の音を聞く。

それから二、三分程度経過。

すると、先ほどまで男が大きな声をあげていたはずだが、静まり返っている。

静かに扉を開けて中を覗（のぞ）くと、男がいびきをかきながら眠っていた。

「成功だな」

マクベスは酒の中に眠り薬を混ぜていた。

それによって、乗り込んできたフリーアンス軍を無力化することをもくろんでいたのだ。

そして、この男のように他の者たちも寝ていてくれれば、それは成功したこととなる。

「それじゃ、行ってみるとしよう」

この確認ができたことで、作戦の成功を確信したマクベスは食堂へと向かって行く。

もちろん、先ほどの男のように外に出ている者もいるかもしれないため、警戒（けいかい）は継続している。

一番怖いのは手練（てだ）れの兵士が酒を飲まないというパターンだった。

が、それは杞憂（きゆう）に終わる。

「これは……自分で作り出したとはいえ、すごい光景だな」

マクベスは自分がやったことながら、想像以上の効果があったことに引いていた。

視線の先には、食事や酒にまみれ寝転がる兵士たちのいびきや寝言で満載の光景が広がっていた。

「はあ、酔っ払いがこれだけ寝ているとなると、酷い状況だ」

「全くだな……」

兵士の多くを見知っているバンクォーは、そんな彼らの現状に嘆きながら息子のもとへと歩を進めている。フリーアンスも兵に交じり、勝利の美酒に酔っていたようだ。

「どうする？」

起こすのか、寝かせておくのか、この場で糾弾するのか、移動するのか。

バンクォーはフリーアンスのもとでしゃがみ込んで質問する。

情けない息子の姿に少々、いやかなり呆れている。

「そうだな、やはり全員の前でやったほうがいいが、このまま目覚められたら反抗されるかもしれないから準備をする。兵士たちは全員縛ったあとに縄で繋いでいこう。フリーアンスは座った状態から動けないように縛り上げる。縛るのはマックスたちに任せよう。私とバンクォーは水を汲んでくるぞ」

「わかった！」

動けなくした状態で無理やり起こすための水が必要であることをわかっているバンクォーは元気よく返事をする。

あれほどに訓練を重ねてきた領地の兵たちが、こんな風にあっという間に捕獲されてしまう様子を見て、改めてマクベスの優秀さを実感していた。

さすがに人数が多いこともあって、拘束と水の準備に時間がかかってしまい、それだけで一時間ほどが経過している。

しかし、誰一人として眠りから目覚めることなく、未だに夢の世界に旅だったままだった。

ここでマクベスの部下たちは全員中へと入って来ている。

「さあ、とりあえずはフリーアンスとその側近に目をさましてもらうとしよう」

部下たちがバケツにはいった水を構える。

「よし、かけろ！」

一斉にその水がぶちまけられる。

「……うわっぷ！　な、ななな、なんだ！」

見事にお手本のような反応をフリーアンスは見せてくれた。

「やあ、フリーアンス。元気そうでよかったよ」

縛られたフリーアンスの目の前にいたマクベスはニコリと笑顔で声をかける。

その顔を見た彼は慌てて動こうとするが、後ろ手に縛られていることに気づいてさらに驚いている。

「そんな風に動いたら怪我をするかもしれない。少し、静かにしていてもらえるか？」

マクベスがフリーアンスを目覚めさせている間に、他の側近の兵士たちも目覚めて、マックスたちに動かないようにきつく言われていた。

「さて、少し話を聞いてもらいたいのだが、構わないか？」

「え、えぇ」

マクベスの問いかけに対して、動揺交じりのフリーアンスは頷くしかない。

「君は、ここグラームズへと攻め込んできた。間違いないか？」

「っ⁉　……はい、そのとおりです」

覆しようのない事実に対して、驚きつつも腹をくったフリーアンスは正直に答えている。

「目的はなんだ？　私が戦争で活躍したのが羨ましかったのか？　この領地が欲しかったのか？　それとも私はなにかそれほどまでに君に悪いことをしてしまったか

「……？」

嫉妬なのか、欲望なのか、怨嗟なのか。

マクベスは理由を直接彼の口から聞きたかった。

「——どれでもありません。戦争での活躍は見事なもので、あなたにしかできないことだったでしょう。この領地もあなたが統治するのがふさわしいと思っています。それに、あなたが私に対して何かをやったなんてこともありません……」

ガクリとうなだれたフリーアンスはマクベスが列挙した理由全てを否定していく。

「だったらなぜだ？」

マクベスは理由に心当たりがある。

それは最初に聞いた魔女の予言、バンクォーの血族から王が出るというものだろう、と。

「——マクベスさん。あなたも魔女の予言を聞いたのでしょう？」

その瞬間、フリーアンスの身体を覆う予言の力が強くなった。

マクベスは表情には出さないようにしてはいるが、この言葉は彼の心を強く揺さぶっている。

（なぜそれを知っているんだ？　最初の予言を聞いた時には完全に別行動をとってい

たはずだ……）

　それでもそれを感じさせないようにしたのは、このやりとりがおこることすら魔女たちの思惑どおりなのかもしれないと思ったためである。

「予言、か。そんなものがあると思っているのか？」

　だからこそマクベスはあえて明確に語らず、予言を馬鹿にしたような言い方をする。

「ふっ、あなたらしい言い方ですね。ですが、あなたが予言を受けたことはあの魔女たちから聞いているんです。下手なごまかしをしないで下さい……まあいいでしょう、予言を聞いている前提で話をします」

　嘲笑交じりに顔を上げたフリーアンスの表情は、彼本来のものではなく、完全に予言の力に取り込まれた、邪悪なものになっている。

「聞かせてもらおうか」

　ここでもマクベスは予言について肯定も否定もすることなく、フリーアンスの言葉を促していく。

「私の父には王になれるだけの才覚はありません。それは本人もわかっているでしょう」

　フリーアンスは言いながらチラリとバンクォーを見る。

「ですが、あなたは違う。幼いころから優秀で、それは成長してから一層顕著になっていったと聞いています」

フリーアンスを包み込む予言の力が一層強くなっていく。

「戦場を駆け抜ける姿は見事だったと父から聞いています。父もまるで自分まで強くなったかのように勘違いするほどだったと。戦術面でも優れていて……今回の私たちの行動も予想済みだったのでしょう？」

だからこそ、あっという間に捕まってしまうことになった。そう確信している。

「そのとおりだ」

マクベスは即答する。

「だったら、こうなるのも仕方ありません。ノルウェー軍が南から襲ってくるなんて言い当てたのもあなただけです。ダンカン王ですら半信半疑のなかであなたの意見を取り入れたとのことです」

マクベスにしてみれば当たり前に予想できたものだったが、他の誰もが思いつかないことだったとあれば、やはり彼の優秀さを物語ることになる。

「あれは、結果としてうまくいっただけだ。それよりも、マクドンウォルドが反乱を起こした時にバンクォーが来てくれたことのほうが頼もしかったさ」

あの時に、もし援軍が間に合わなければ敗北していたのはスコットランド軍だったといっても大げさではなかった。

「そうはいっても、あなたがあの進言をしていなければ、そもそもまともな戦いにはなっていなかったでしょう。だから、勝利した時はあなたの才を改めて感じました」

ここまで話したところでフリーアンスは気持ちを切り替えるように一度目を閉じる。

そして、再び開いた時には話し始める前と同じように予言の力の影響で、目の色が赤黒く変化していた。

しかし、口を開いたのはバンクォーだった。

「あの戦いで勝利したあと、お前もそうだっただろうが、俺は北のフォレスに向かおうと馬を走らせていた。そこで、予言の三魔女に出会ったんだ」

あの魔女の話をしていくと、バンクォーも未だ予言の力の影響下にあるということが顕著に表れる。

「マクベス、お前がなにを予言されたのかは知らないが、私はこう言われた――私の血族から王になるものが現れるとな」

バンクォーがそこまで話したところで、フリーアンスを包み込む予言の力が更に強まっていく。

「私も聞きました。領地の森にいる際に、戦場近くの荒野へ引き寄せられて、三人の魔女から予言を受けました」

バンクォーはなぜ息子がこのような凶行に走ったのか疑問に思っていた。

その答えが今の会話から理解できてしまった。

バンクォーの血族から王が出るということ。

つまりバンクォーの息子であるフリーアンスが王になるという予言だと思い、こんなことをしたと白状したことになる。

「……一つ疑問なんだが、私は王ではない。次の王には第一王子であるマルカムカンバーランド公が即位するはずだ。なぜ、私のことを狙ったのだ？」

マクベスはきっと自分が狙われるだろうと予想はしていた。

それは、バンクォーの領地に密かに立ち寄り、そこでフリーアンスの姿を見た際に予言の力が彼を包み込んでいることで予想していた。

しかしながら、マクベスは小王であって王ではない。だからこそ、フリーアンスがどんな理由を持って彼を狙おうと決めたのかを知りたかった。

「あなたはダンカン王のお気に入りだ。強くて頭もいい。だから、私の最初の、そして最大の障壁となるのはあなただ。だからあなたをなんとかして殺すために私は兵士を鍛え上げ、武器や防具を揃えて今回の戦いをおこした。結果は見てのとおりですが……」

「なるほど……」

マクベスは納得できる理由を聞けたため、満足していた。

「なんで、なんでそんなことをしたんだ！」

しかし、納得できないのはバンクォーである。

これだけ多くの人間を巻き込んで、マクベスという英雄に剣を向けたのはいくら息子といえども看過することはできない。

更にバンクォーはマクベスから以前言われていたことを強く思い出している。

「お前がこんなことをしなければ……」

マクベスはフリーアンスのことを買ってくれていた。養子にしたいと申し出てくれるほどに。

しかし、こんなことをしてしまっては、全てが水の泡となってしまう。

「うぅ……」

バンクォーは息子の不甲斐(ふがい)なさに、目から涙が零(こぼ)れ落ちる。

「い、いや、それは……」

今になって思うと、魔女の予言にあったからという理由だけで動いており、冷静になるとここまで大事になることを望んだわけではない。

ゆえに、フリーアンスは言葉に詰まってしまう。

「ぼ、僕は、なんてことを……」

こんなことをしでかしてしまった今となっては、どんな夢を叶えることももうできないと、フリーアンスは膝をついて絶望の淵にいる。

「フリーアンス、後悔しているのか。今、お前はどうしたい？　ただ、お前の望みを聞かせてくれ」

フリーアンスはまだ予言の力からは解放されていない。

だが、この状態での彼の言葉を聞きたかった。

「わ、私は、父と、母と、みんなを幸せに……」

マクベスの、そして父の言葉を受けたフリーアンスは、自然と言葉が出てくる。

予言の力に囚われての思考ではなく、自分が心から感じている思いを言葉にしようとしている。

（これは……今なら）

「フリーアンス、彼の部下のみな。それからバンクォー。今回同行してくれたマックスとその部下。みんなの前で、どうしても話しておきたいことがあるんだ」

先ほどまでの話の間に、眠っていた兵士のほとんどを目覚めさせている。

水をかけられたのと、縛られているのと、フリーアンスが捕まっているという状況は彼らの酔いを一気に醒まさせていた。

しかし、なにか発言することはこの状況下において間違った行動だと判断できており、一人として言葉を発していない。

マクベスが口にしようとしている言葉に、聞き漏らすまいと耳を傾けている。

「私の名前はマクベス。グラームズ、コーダー、ファイフの領主にして、小王の称号をダンカン王よりいただいている」

自己紹介を始めていくが、その情報は誰もが知っていることである。

しかし、改めて口にすることに意味があった。

その称号を持っている人物であると、改めて認識させる。

『小王』である、と。

更に、次に出た言葉は誰もが聞き返したくなる内容であった。

「――本日は、我々の少人数での城奪還訓練におつき合いいただき感謝する！」

「……えっ？」

思わずそんな声を出してしまったのは、今回の首謀者(しゅぼうしゃ)であるフリーアンスだった。

彼の隣にいるバンクォーも大きな口を開けて驚いている。

もちろん、今回突入してきたフリーアンスの部下たちも同じように驚いている。

一方でマクベスの部下たちは、目を閉じて彼の言葉を聞いていた。彼らは事前に今回、マクベスがなにを考えているのか知らされていたため動揺はない。

マクベスはこれまでに二度予言の力を打ち消した経験がある。

一度はマクダフの命を奪って予言の力を自らの力で打ち消した時である。

そして、二度目は小王を名乗ることで自らを王になったと宣言したことによって、予言の条件を満たした時である。

一度目の方法では自らの命をかけて打ち消すことになり、あまりに危うい。

なによりフリーアンスの命を奪うことになってしまう。

それは恨(うら)みの連鎖を広げてしまう。そんな世界はマクベスが望む世界ではない。

だから、マクベスはここに来る前に自らの決意を親しい人々に話していた。

反対する者、背中を押す者、なにも言わない者、怒る者、泣く者、叫ぶ者、多くの意見をその身に受けた。

しかし、彼の想いは揺らがない。

この結論を曲げるつもりはなかった。

それをこれから、これだけの証人がいる前で口にする。

「ノルウェー軍との戦争で私は英雄と呼ばれた。だが、これは私一人では成し遂げられなかったことであり、そこにいる我が友バンクォーが駆けつけてくれたからこそである。しかし、彼はその結果に見合う報酬をもらっていない」

ダンカン王はバンクォーにも恩賞を渡すと言っていた。

しかし、実際には他の武将と同等程度にしか与えられていない。

これをマクベスは使えると考えていた。

「そして、今回の夜間の訓練に命懸けで付き合ってくれたことも大きな功績といえる」

少々こじつけに近いが、今回のグラームズへの侵入を正当化するために必要だった。

「その功績に私は応えたいと思う！」

ふっと笑ったマクベスは腕を大きく広げ、高らかに宣言する。

「私は今、この時点を以てフリーアンスを息子とする！」

マクベスを殺そうとまでしていた男を養子にするという話に、初めて聞いた者たちは驚愕の表情になっている。

バンクォーは以前話していたため、驚きは全くない。

しかし、当のフリーアンスにはこれまでの人生で最大級の驚きが襲いかかっている。

「これはダンカン王、そしてバンクォーにも許可を得ていることである！」

ここでマクベスは一枚の紙を取り出して、バンクォーとフリーアンスに手渡す。

「そして、もう一つ……現時点を以て、我が息子フリーアンスに小王の称号を継承する！」

この宣言は誰にも予想できないものであり、フリーアンスは手渡された紙を何度も確認している。

部下たちは信じられないと声をあげている。

騒然となる食堂。

先ほどまで宴会を行っていたこの場所で、フリーアンスが小王という称号を与えられるとは現実感がなかった。

「我が領地であるここグラームズ、コーダー、ファイフの三つも同じくフリーアンスの、いやフリーアンス小王のものとなる！」

マクベスからの立て続けの衝撃的な言葉に、誰しもが驚き、驚きすぎて口をポカンと開けて呆然としていた。

それでも、すぐに声があがる。

動揺、困惑、歓喜。

様々な感情が入り混じった声は、この場を混沌(こんとん)とさせていく。

「――これで、私の役目の一つが終わったか……」

誰にも聞こえないほどの小声でポツリと呟くと、マクベスは魔眼を発動させる。

ここに来た時、フリーアンスの身体を強い予言の力が包み込んでいた。

だが、今の彼からは予言の力が徐々に消えていっている。バンクォーの身体を包み込んでいた予言の力も同様である。

「もう少しで完全に……」

消えるはずの力が、二人の身体から抜けていき、天井に昇っていく。

彼だけでなく、この場にいる彼の部下たちの身体からも同じように予言の力が抜けていき全て集まっていく。

「こ、これは⁉」

予言の力は空中で大きな黒い玉となっていた。

黒い玉は徐々に小さくなり、そして人の形を成して地面へと降り立つ。

「ひーっひっひ、マクベス、マクベス、邪魔(じゃま)な者マクベス！」

「ひーっひっひ、マクベス、マクベス、予言の力を打ち消すマクベス！」

「ひーっひっひ、マクベス、マクベス、死んでしまえばいいマクベス！」

三人の魔女は姿を現すとともに、マクベスにむかって邪悪な言葉を投げつける。

「予言の魔女！」

マクベスが魔女たちを睨みつける。

世界がこんなに歪んでいるのは、この魔女たちが予言の力で人々をもてあそんでいるせいである。

だから、この魔女たちのことをマクベスは恨み、憎み、それでいてどこかで恐れている。

この魔女たちが口にしたことは、未来の真実になってしまう。

「マ、マクベス様、あの者たちをご存じなのですか？」

マックスは剣を魔女たちに向けつつも、その異様さに言い知れない恐怖を抱いている。

魔女たちは視線をフリーアンスへ向ける。

「ふん、フリーアンスか。お前のような役立たず、用はないよ」

「ふん、フリーアンスか。お前のような小物に用はないよ」

「ふん、フリーアンスか。お前のようなくずに用はないよ」

フリーアンスのことを魔女たちは一瞥するだけで、興味はないと断ずる。

「なっ、こ、ここは！」

次の瞬間、グラームズの食堂にいたはずのマクベスは、いつの間にかいつもの荒野に飛ばされていたことに気づく。

なんのきっかけもなかった。瞬きを一つした次の瞬間にはこの場所に飛ばされていた。

あの場にいた者は、彼と魔女以外に存在しない。

「そんなことよりもマクベス、あんただ」

ここで初めて魔女は言葉を繰り返さずに話し始める。

「あんたは一体何者なんだい？　おかしいじゃないか」

ひたりと忍び寄るような声音で一人が話すと、二人目が続く。

「予言の力を討ち消すことができるだなんて、ありえないことだよ」

更に三人目が続いて、ひとつながりになった。

彼女らはマクベスが他の者たちとは異なるなにかを持っていると感じ取っている。

それがなんなのかまでわからないことが、彼女たちを苛立たせていた。

魔女たちは冷たい視線を一斉にマクベスへと向けている。

この場の温度が下がったようにも感じられ、身震いする。

「この世界で大活躍なあんたに、もう一つ予言を与えようじゃないか」

「楽しい楽しい予言だよ」

「きっと喜んでくれるはずさ」

ニヤニヤと笑っている魔女たちを見て、マクベスは吐き気がもよおしてくるほどの強い嫌悪感(けんおかん)を覚えている。

この者たちがまともな予言をするとは思えない。

だからこそ、この邪悪に対して、怒りしかわいてこなかった。

「邪魔をするマクベス、貴様は妻を殺す！」

「邪魔をするマクベス、貴様は最後には一人になる！」

「邪魔をするマクベス、貴様は悲しみを背負(せお)う！」

ケラケラ笑った魔女たちは予言を口にして、マクベスを翻弄(ほんろう)していく。

「ふざけるな！　魔眼よ、我に力を！」

周囲の幸せのために生きると決めていたマクベスは、自分が持つ力のすべてを魔眼に込めるつもりで高らかに声をあげる。

両眼(りょうめ)が強い光を放ち、予言の力を睨みつける。

「ひーっひっひ、それがお前の力か？　だがそんなものがあっても私たちには勝てない！」

大げさに手を上げた魔女がそう言うと、予言の力は今までにないほど巨大なものへと変化していき、濃厚な黒いモヤはマクベスを身体ごと飲み込んでいった。

「マクベスよ、この予言は私たちが命懸けでおこなったものさ。だから、お前には妻を殺す以外に選択肢(せんたくし)はないんだよ！」

これまでの予言はからかうような軽い気持ちから発していたものだった。

しかし、魔女たちはマクベスが彼女たちの予言を打ち破ったことに怒り、悲しみ、憎んでいた。

だからこそ、持てる力の全てをこの予言に込めたのだ。

「こ、こんな、ことが、あって、たまるか……」

マクベスは予言の力に飲み込まれたまま、ぷつりと意識を失っていった。

第八話　魔女の洞窟(どうくつ)

「ここは……」

マクベスは不意に目を覚(さ)ます。

目に映るものに見覚えがあった。

いつも自分が休んでいるベッドの天蓋(てんがい)がそこにある。

「昨日は、どうしたんだ……？」

反乱を阻止(そし)して、小王の座をフリーアンスに譲(ゆず)り、その後のことを考えた。瞬間、
マクベスは飛び起きた。

部屋のなかを見回して、窓際へと移動する。

そこに映る自分の姿を魔眼で確認していく。

「夢、ではなかったか……」

そこには、黒い予言の力に包み込まれている自身の姿が映っていた。

あれが夢ではないということは、マクベスは魔女たちからあの予言を受けてしまったことを意味している。

「まさか、こんなことになるとは……」

再び魔女の予言に惑わされることになったことを悔やむ。

親友であるバンクォーを救うために今回の作戦を考えていた。

そして、全て作戦はうまくいっていた、はずだった。

最後に魔女が出てくるまでは……。

「荒野にいたはずだが、なぜグラームズの私の部屋にいるのだ？」

予言を受ける際に、グラームズの食堂から荒野へと飛ばされていたはずである。

空気の匂いや、地面の感覚、風の冷たさから、あの場所は幻覚ではなく、確実に荒野だったはずである。

だがいま、マクベスは見覚えのあるグラームズの自室にいる。

「――あなた！」

疑問に首を傾げた瞬間、フィリアが勢いよく扉を開けて飛び込んできた。

扉の前には兵士が待機しており、部屋の中の動きを感じ取って報告していた。

「お、おぉ、お前か」

勢いのままにマクベスに抱き着いた妻を、慌てて受け止める。

彼女は涙をボロボロと流しながら、マクベスの胸に顔を埋めている。

「だ、大丈夫だ。私は無事だ」

マクベスがそう言ってなだめようとするが、彼女の涙は止まらずに泣き続けている。

「ふう、大丈夫……大丈夫だ」

そのまま声をかけながら彼女の背中を優しく撫で続けることで、彼女を落ち着かせようとしていた。

そこにノック音が聞こえてくる。

「あー、取り込み中のところ申し訳ないんだが、話をさせてもらってもいいか？」

兵士たちの後ろからやってきた居心地の悪そうなその声の主はバンクォーだった。

「バンクォー……」

その姿を見てマクベスはホッとしていた。

彼の身体を覆っていた予言の力があとかたもなく消えているのを確認できたためである。

「ははっ、色々世話になったな……なにか、聞きたいことがあるという顔だな」

バンクォーも魔女の予言を受けていただけあり、最後になにかが起こったことだけは感じ取っていた。

「あぁ、よければ私がフリーアンスに小王を譲ってから、なにがあったか教えてくれないか？」

荒野に連れ去られた時、彼らにはどういう風に見えていたのか、そしてどうやってここに連れ帰ったのかを確認したかった。

彼の知りたい情報をバンクォーが話していくが、途中で表情の変化に気づく。

「……お前、なにを予言されたんだ？」

マクベスが真っ白い顔になってしまったため、バンクォーは予言の内容がとんでもないものだったのではないかと予想する。

「あぁ、色々とな……なあ、バンクォー。お前は魔女の予言をどこで聞いたのだ？」

不安にぐっと身体をこわばらせたマクベスは不意にそんな確認をする。

「場所か？　場所はあれだ、ノルウェー軍との戦いがあった場所から少し移動した荒野だ。そういえばフリーアンスも予言を受けた時に森にいたはずが、いつの間にか荒野にいたと言っていたな」

バンクォーは記憶を呼び起こして、自らが予言を受けた時、そしてフリーアンスが受けた時の二回とも同じ場所だったことを話す。

「なるほど……つまり、そういうことなのか」

目を閉じて思い返すと、マクベスも今回、二度予言を受けていた。

一度目は同じくノルウェー軍との戦争が終わったあとに、そこから少し離れた丘へと移動した。しかし、予言を受けたのは近くの荒野のような場所だったと記憶している。

そして、二度目はバンクォーと同じようにいつの間にか荒野に飛ばされて、そこで新たな予言を受けていた。

そこから推測されること……魔女たちは荒野から動けないのかもしれない。

「ならば……」

マクベスは窓から外を眺め、そこから先にあるなにかを睨みつける。

「おいおいマクベス、なにを一人で納得しているんだ？　なにを予言されたのか言ってみろよ。俺とフリーアンスと部下たちはお前に命を救われたんだ。なんだってやるぞ！」

どんと力強く胸をたたいて口にしたのは、バンクォーの心からの言葉である。

本来であれば、攻め込んできたフリーアンスたちは全員が死刑になっていてもおかしくない。

っていた。

それどころか、マクベスが本気で兵を動かしていれば、刑を受ける前に皆殺しにな

しかし、マクベスは食事や酒に睡眠薬を混ぜることで彼らの行動を封じ、結果、誰一人として傷つくことなく戦いを終えたのだ。

加えて、バンクォーたちに非がないように話を仕向けていき、最後には王からの恩賞の代わりに称号と領地を授けるという破格の話を持ち込んでくれた。

「嬉しいことを言ってくれるじゃないか。なにか手伝ってほしいことがあったら話を持っていこう。だが……今は、少し休ませてほしい」

マクベスは疲れた表情をしている。

だが、その目には熱さが宿っていた。

しかし、視線が外を向いているため、それはバンクォーには伝わっていない。

「あぁ、わかったよ。起きたばかりのところに来て悪かったな。俺はしばらくグラームズにいるから、いつでも声をかけてくれていい」

親友を気遣うようにそう言うと、バンクォーはあてがわれた部屋へと戻って行った。

彼は、マクベスのために命を使おうと決意していた。

息子に兵士たちを率いて元の領地へと帰らせて、自分はマクベスのためになんでも

やろうと、一人ここに残っていた。

「……あなた、なにかするおつもりなのですか？」

不安そうな顔をしたフィリアは、マクベスへと問いかける。

「お前には、色々と心配をかけるな……すまない。だが、これで最後だ。もうこれで全てが終わるはずなんだ」

荒野の魔女のもとへと向かい、全ての片をつける——マクベスはそう強く誓っていた。

「あなた……」

そんな夫の横顔を、不安そうな顔でフィリアはいつまでも見つめていた……。


その夜、マクベスたちは共に夕食を摂った。

主人用の食堂へと集まったのは、マクベス、フィリア、そしてバンクォーの三人。給仕のための召使いと料理人は部屋の隅で待機している。

「ははっ、やはりお前のとこの飯は美味いな」

バンクォーは用意された料理を勢いよく食べて、笑顔で舌鼓を打っている。

実際マクベスのところの料理人は腕利きで、ここに来る前にも大きな街で店を開いており、日々行列ができるほどの大人気店だった。

なぜ、それほどの料理人がマクベスのもとで働いているかといえば、彼の妻が売上金を持って従業員と逃げてしまったためだ。

仕入用の金も全てなく、店舗は借りていたため、家賃が払えなくなった料理人は途方に暮れ、一人でその日暮らしの生活をするまでに追い込まれてしまう。

そこに手を差し伸べてくれたのがマクベスだった。

今日も近くに控えていた料理人はバンクォーの反応に笑顔で会釈をする。

「あぁ、いつ食べても君が作る料理は私を満足させてくれる。いつもありがとう」

不意にマクベスの口からお礼の言葉が漏れ出る。

「あなた……？」

それを聞いたフィリアは明らかにおかしいと感じてしまう。

いつも美味しいとは言うが、わざわざ料理人に礼を言うことなどなかった。

「マ、マクベス様！　もったいないお言葉、あなたにお仕えできるだけでも身に余る幸せでございます」

胸にこみあげる熱いものをこらえるように笑顔を見せた料理人は、自身には過分な言葉をもらったと深々と頭を下げる。

「ははっ、まあそういうな。いつも美味しいものを出すのは大変なことだ。私にも君にも好みというものがある。それを考慮しながら趣向を凝らして料理を作ってくれているのだ、感謝の言葉の一つも言いたくなるというものだ」

その労をねぎらいたくなったというのが、マクベスの素直な気持ちだった。

「もちろん君にも感謝している。今までずっと私を傍で支えてくれて来たのだからな」

「そ、そんなことありません。私は妻なのですから当然のことをしただけです……！」

急に自分へと矛先が向いたため、フィリアは驚いて顔を赤くしながら返事をする。恥ずかしさからマクベスの顔を見られずに視線を逸らしてしまう。

「感謝の気持ちは常々持っているのだが、実際に口にするとどこか清々しい――これは普段からこうするべきであったたな」

二人の反応を見たマクベスは満足そうに頷いていた。

こうして、食事は和やかに進み、デザートを食べたあとはそれぞれの部屋へと戻って行った。

本来なら夫婦でゆっくりと過ごすものだったが、今日と昨日は思っていた以上に色々なことがその身に降りかかったため、マクベスの疲労は完全には抜けきっておらず、一人で休みたいと言い、フィリアもそんな彼に気を遣って一人にしてくれた。

　他のみんなも肉体的だけでなく、精神的にも疲労しているため、それぞれが部屋でゆっくりと眠りについていく。

　グラームズの城が完全に眠りについた深夜。

　起きているのは、見回りの兵士くらいしかいない。

　しかし、その彼らも今日ばかりはうとうととしてしまっている。

　その中で、マクベスは着替えると一人で寝室を抜け出して馬屋へと向かっていた。

　静かに廊下（ろうか）を歩いていると、彼の足音だけが聞こえる。

（ここも長いこと住み続けて来たな。父と母と、そしてフィリアとの思い出がたくさんつまっている……あそこで本を読んだ。あっちの部屋では父に叱（しか）られた。あっちの中庭の庭園はフィリアが好きだったな）

　静かな城の廊下を一人歩くマクベスはこの城であったことをゆっくりと思い出し、懐（なつ）かしんでいく。

　楽しかったこと、悲しかったこと、愛しあったこと。

　そのどれもが今の彼を作り出しており、その思い出は彼の大事な宝物である。

そして、マクベスは不意に空に視線を向ける。

「一度は死を迎えた人生。いや、四度死を迎えたか。そのおかげで今回はダンカン王が無事で、妻も、友も、その息子もみんな無事だ。だが、この世界にあいつらがいる限り、再び私や私の大切な人が傷つくかもしれない……」

荒野の魔女たちの姿を頭に浮かべる。

一体何故(なぜ)あのようなものがいるのか。何が目的で生み出されたのか。

しかし己は、彼女たちの存在を決して許すわけにはいかない。

そして、この世界であの予言の三魔女を倒せる可能性があるのは自分だけだというのもわかっている。魔女が下す予言が毒だということも。

だから、マクベスはみんなが寝静まった深夜に動いていた。

誰かが一緒にいれば、自分以外の人物に毒が降りかかってしまうかもしれない。それを考えたら一人で行く以外の選択肢は存在しない。

これ以上、予言の力に人生を狂わされる人物を増やすわけにはいかなかった。

思い出と、今のことと、これからのことを考えながら馬屋に到着すると、そこにはマックスの姿があった。

彼はマクベスが出発することを予想して、いつでも出発できるように準備をしてくれていた。

「食料も用意しておきましたので、道中で召し上がって下さい」

マクベスの強い決意を汲み取ったマックスはここでもマクベスに逆らうことはせず、彼を止めることもせず、彼が成そうとしていることの後押しをする。

「――あとのことを頼んだ」

それだけ言うとマクベスは馬に乗って出発する。

全てを終わらせる決意――全て捨ててでも魔女を倒す覚悟(かくご)を持って……。


途中で馬を休ませるために何度か休憩をいれたが、それ以外は体力の限界などないかのようにマクベスは走り続ける。

一体どれだけ走ったのか、馬も限界を迎えて置いてきた。

それでもマクベスは動きを止めない。

馬を捨て、自分の足でひたすら走って、走って、走って――やがて走ることができなくなると、ゆっくりと、だが確実に先に行くために歩く。

やがてマクベスは例の荒野へと到着した。

最初の人生でバンクォーとともに予言を受けた場所。

そして、二度目の予言を受ける際にやってきた場所。

今回は一人で予言を受けた場所。

そして、新たな呪いをかけるために呼び寄せられた場所。

寂れた廃墟と枯れた木々しかない、朝靄が煙るこの荒野。

ここに予言の魔女が住まう洞窟がある。

自らの最初の記憶、新たな呪いをかけられた時に見た景色、さらにはバンクォーも同じくここに呼び寄せられて予言を受けたこと。

それらがマクベスを招くようにこちらへと向かわせていた。

「確かこちらに……」

疲れ切った身体に鞭をうち、マクベスは荒野を進む。

なんのあてもなく動いているわけではない。

彼の魔眼には予言の力が映っている。

その力が濃くなっている方向が正解であると理解しており、そちらへ自然と足が進んで行く。

特に濃さを増してきたところで、そこに一人の女性が立っていた。

「……ふふっ、とうとうあなたはこんなところにまで来てしまったのね」

荒野にいるには似つかわしくない妖艶な笑みを浮かべる彼女。

それはマクベスに魔眼を与えてくれた魔眼の魔女だった。

彼女の姿を見て、マクベスは腰の剣に手をかける。

魔眼をくれたのは確かに彼女だったが、この世界の魔女は決して油断をしていい相手ではない。

「あらあら、そんな風に構えられるのは少し残念ね。私はあなたに魔眼をあげたのよ？　それなのにそんな冷たい態度をされるのは心外だわ」

クスクスと笑う魔眼の魔女はマクベスをからかうように、軽い口調で話している。

前回と同じつばの大きい帽子に、薄手の服装は彼女の身体の凹凸をはっきりとさせており、スタイルのよさを際立たせている。

「それはすまない。だが、正直に言って、私は魔女という者を信用できずにいる。それはこれまでにあの予言の三魔女たちによって私や私の大事な人たちが傷つくことがあったからだ」

彼女の言葉に申し訳ない気持ちがわきつつも、それでも魔女に対する認識だけは曲げることはできずにいたマクベスは、剣から手を離すことはない。

「まあ、慎重なのはいいことじゃないかしら。所詮、人と魔女は別の存在なのだから……それよりも、こんな場所になにをしに来たのかしら？」

わかっていながらも、彼女はニコリと笑って質問を投げかけてくる。

「決まっているだろう。私はあの三人の予言の魔女を討つために来たんだ。あの三人のせいで私たちは辛く苦しい目にあってきた。あいつらがこのまま存在していれば、我々だけでなく他の誰かが苦しむことになってしまう。そんなことは断じて許されない！」

全ての決着をつけるためにマクベスはここにやってきている。

その強い想いを魔眼の魔女へと正面からぶつけた。思わず癖の顎を触る仕草が出てしまう。

「そう、そうなのね」

それを受けた彼女は、悲しいような、それでいてどこか嬉しそうな表情をしている。

「あぁ、だからいくらこの眼をさずけてくれた君といえども、私を邪魔するのであれば排除するのに躊躇はしない！」

彼女への感謝の気持ちはもちろん持っている。

この魔眼がなければここまで辿り着くことはできなかった。

だからといって、あの魔女を倒すためには、何人たりとも彼を止めることはできない。

「かなりの覚悟のようね。でも……マクベス、あなたはそのままでは予言の三魔女を討つことはできないわ」

急に厳しい表情になると、マクベスの顔を指さしてそんなことを言う。

「……どういうことだ」

「あなた……予言の力を受けているのでしょう？　内容は、妻を殺すことになる、だったかしら？」

「な、なぜそれを知っている！」

「ふふっ、私は魔眼の魔女。私に見えないものはないわ」

妖艶に微笑(ほほえ)む彼女の眼は赤く光っており、それは彼女も特別な魔眼を持っているということを表している。

「なるほど、私にも見えないものが見えているということか……」

「そのとおりよ。そして、予言の力を受けている者はあの魔女たちに抗(あらが)うことはできない。あなたの場合、誰か別の人が予言の三魔女を殺すか、あなた自身に降りかかっている予言の力を打ち消すしかないわね。つまり……」

それは、マクベスが自らの手によって妻を殺すということを意味している。

「そんなことはわかっている！　わかっているが、断じてできない……」

無茶苦茶なことを言っているのはマクベス自身もわかっている。

しかしながら、それでも曲げることはない。

「これはできるできないではない――やるのだ！」

この言葉に全ては集約されていた。

魔眼を受け入れた時から、マクベスは大切なものを守るための覚悟はとうに決めているのだ。

「ねえ……簡単なことでしょう？　妻を殺せばあなたに降りかかっている予言の力は消える。そうすれば魔女たちと正面から戦うのも可能なのよ？」

魔眼の魔女はどうしてもフィリアを殺させたいのか、マクベスが拒否している今でも、なぜやらないのか問うてくる。

「くどい！　どんなことがあろうとも、私にはフィリアを殺すことはできない！　心から彼女を愛している……なによりも大切、なんだ……」

これまでの全ての人生において、マクベスはフィリアを殺すことは一度としてなかった。

この最期の人生においても、彼女はマクベスの相談に乗ってくれて、背中を押してくれた。

たった一人の、大事な人生のパートナーであるフィリアを殺すということなどありえない。そんなことは絶対にしない。

それがマクベスの強い決意である。

「……わかったわ。まずは洞窟に行きましょうか」

彼の強い意志の前に折れたのか、魔眼の魔女は一つ息を吐くと歩き始める。

そちらには、先ほどまではなかったはずの洞窟が姿を見せていた。

「なっ⁉」

先ほどまで確かにそこにはただの荒野が広がっているだけだった。

これだけのものがあれば、すぐに気づいていただろう。

しかし、マクベスは魔眼の魔女が「洞窟に行きましょう」と言った瞬間に初めて、認識できたのだ。

「あら、驚いているの？　忘れたのかしら、私は魔眼の魔女。そして、あなたの魔眼は私があげたもの。つまり、洞窟が見えないようにあなたの視覚を操るくらいは造作もないわ」

この説明を聞いて、マクベスは自分の目に手を持っていく。

(確かに、彼女から魔眼をもらった際に醜い彼女の顔を見られなくなると言っていたな。今回の洞窟もそれの応用のようなものだろうか)

そんなことを考えているうちに、魔眼の魔女はどんどん先に進んでしまう。

「待ってくれ」

先ほどから魔眼の魔女に振り回されているような気持ちを覚えながらも、その背中をマクベスは慌てて追いかけていく。

「慌てなくてもいいわ。別に洞窟が逃げるわけでもないしね。急いだところで結果が変わることもない」

この言葉にマクベスはムッとした表情になってしまう。

なにをしても無駄であると言われているように思ってしまったのだ。

「あら、気を悪くしたかしら？　ごめんなさいね。なにもあなたがやることを否定しているわけでも非難しているわけでもないのよ。私も、あの予言の三魔女には消えてほしいと思っているから」

「なんと」

魔女同士であるからなにかしらの協力関係、もしくは同盟関係、ないしは敵対しないように話がついている——などということがあるのだろうと、マクベスは勝手に考えていた。

「魔女同士は仲間ではないのか？」

「あなたは貴族よね。なら、他の貴族は全員仲間なの？」

「ふむ」

勝手にひとくくりにして考えてしまっていた自分に気づき、マクベスは言葉に詰まってしまう。

「そういうことよ。あの予言の三魔女と比べて私は若い魔女なの。だから、力関係ではあちらが圧倒的に上。私にとっては目の上のたんこぶといったところね」

魔眼の魔女は肩を竦めながらそんなことを言う。

「なるほどな」

「さあ、いよいよここから洞窟よ。奥にはあいつらがいるわ。マクベス、覚悟は……」

この言葉にマクベスは無言で頷いた。

「できているようね。入りましょう」

なにがあったとしても、なにが起こったとしても、マクベスは必ず予言の三魔女を討つ。

それだけを強く胸に誓い歩を進めていく。

洞窟に入ると、壁がぼんやりと光を放っており、薄暗いながらも通路を進むことができた。魔女の力だろうか。その通路も一本道であり、迷うことはない。

しばらく進んで行くと、開けた場所に到着する。

(うっ)

マクベスは思わず鼻を手で覆った。

開けた場所の中央には予言の三魔女の姿があり、彼女たちは大きな鍋(なべ)を囲んで怪しげに踊りながら、中身を巨大なスプーンでかき混ぜている。

鍋の中身はなにかわからない紫色や黒色が混ざったようなものであり、そこから強い異臭が漂(ただよ)っていた。

「――マクベス、ここがあいつらの住処(すみか)よ。魔眼で見てみるといいわ」

言われて魔眼を発動させると、この空間は黒い重い昏い予言の力で満たされている。

「ん？　おやおや、誰が来たかと思えばマクベスじゃないか」

「ん？　おやおや、なにやらこちらを睨みつけているマクベスじゃないか」

「ん？　おやおや、まだ妻を殺していないマクベスじゃないか」

突然現れたマクベスの姿を視界にとらえた予言の三魔女はマクベスをからかうよう

に、いつものように言葉を合わせてニヤニヤと笑っている。

「ひっひっひ、いったいぜんたいこんな場所までなにをしにきたんだい？」

代表して、真ん中の魔女がマクベスへと質問を投げかける。

しわがれた声だが、不思議とマクベスの耳へとスッと届いている。

「貴様ら予言の三魔女を討ちに来た！」

剣を構えたマクベスは、シンプルに言葉を選ぶこともなく、ただただ目的を伝える。

「ひっひっひ、マクベス。あんたには私たちを殺すことはできないよ」

左の魔女が笑いながら言うが、マクベスはひるむことなく睨み続けている。

「ひっひっひ、あんたは私たちの予言に囚われているんだよ。あんたはいつか妻を殺すことになる。だけど、殺せないいんだろ？」

自分の意思でマクベスが妻を殺せないことはわかっている。

それでも予言の力は絶対であり、マクベスはいつか愛する妻を殺すことになる。

予言の三魔女はそれに苦悩するマクベスを見て楽しんでいた。

「……ほら私が言ったとおりでしょう？」

そこで、マクベスと魔女たちの間に、魔眼の魔女が立ちふさがる。

「あなたはいつまで経(た)っても、なにをしても、何度繰り返しても、いつも予言の三魔女の手のひらの上で踊らされているのよ」

　まるでマクベスを煽るかのような言葉。

　マクベスはそんな彼女のことを憎んでいるかのように怒りのこもった眼差しで見ている。

「あなたにはあいつらを殺せやしない。このままここで野垂れ死にするか、それとも逃げ帰って妻を殺すか。そうだ、バンクォーとフリーアンスもやっぱり殺しましょう。そして、小王だったかしら？　ちっぽけな称号を取り返して、その名のとおり勇気も器も度胸も小さな王として、威張り散らせばいいわ！」

「突然どうしたのだ……」

　彼女の豹変ぶりにマクベスは戸惑う。

「ふふっ、気づかない？　私はあの人たちの仲間。あなたが混乱するのが見たくて、ここまでついてきただけよ」

　口元が歪み、怪しい笑みが浮かぶ。

「なっ……では、あれも、これも、魔眼すら全て！」

「そうよ。ああ、いい顔。もっと見せて」

　魔眼の魔女が身を寄せてくる。

「貴様……！」

マクベスは彼女を遠ざけようと、思わず剣を突き出した。

だが、魔女は止まらない。そして、彼女は途端に力を抜いてニコリと優しい笑顔を浮かべた。

「——えっ？」

なんの抵抗をすることもなく、剣は彼女を突き刺していた。

傷口から溢(あふ)れんばかりの紫の血がゴプリと流れ出る。

人と違う血の色は彼女が魔女であることを示していた。

「なぜ⁉」

困惑するマクベスは剣を落としてしまう。

「ぐっ、うがああああっ……！　あ、熱いぃ！」

続けて、彼の眼が熱を持ち、思わず押さえた。

魔眼の魔女を殺したことで、マクベスの魔眼が失われていく。

「が、がああああ、ああ……」

しばらく熱さと痛みが続いたが、それも次第(しだい)におさまっていき、マクベスは本来の自分の目を取り戻す。

「う、うぐ、な、なぜあんなことを……なっ！」

徐々に視界が戻っていくなかで、マクベスは倒れている魔眼の魔女へと視線を向けた。

「あ、あああぁ、な、なんでお前が、その顔は！　なぜ、なぜなんだ！」

帽子で隠されていない。

魔眼で幻を見せられていない。

その状態で、初めて魔眼の魔女の本来の顔を見た。

「ああああああっ！」

マクベスの慟哭(どうこく)が洞窟の中に響き渡る。

そこに横たわっていた魔眼の魔女の顔は——マクベスの愛する妻だった。

第九話　予言の三魔女との戦い

肩口から深く斬られて死の淵にいるにもかかわらず、魔眼の魔女こと、フィリアの表情は晴れやかだった。

「ふふっ、あなた。そんな悲しい顔をしないで下さい。私を殺したことで、あなたは予言の力から解放されました」

斬られた彼女は泣き崩れそうになるマクベスにそっと手を伸ばす。

荒野の魔女の予言どおり、妻を殺し、悲しみを背負い、一人になってしまった。

しかし、これでマクベスを取り巻く予言の力は全て消えて、彼を自由にする。

「ど、どうして君が魔眼の魔女なんだ！」

信じられない気持ちでマクベスは、フィリアを抱きかかえながら声をかける。

「もうじき私は消えます……。そして、物語の主人公はあなた、一人になるのです……」

儚い笑顔を浮かべるフィリアがそう言うと、マクベスは自らの身体に力が漲っていくのを感じていた。

「――あなたは人生を何度もやり直していましたね」

なぜ君がそれを？　と質問したい気持ちがあったが、マクベスはただ頷くだけにとどめる。

これが彼女の最後の言葉なのだとわかっていたからこそ、一言として聞き逃したくなかった。

「私もあなたと同じように長い長い時を繰り返していました……。それこそ、あなたの何倍もの人生を。あなたが繰り返しの人生を送っていることに気づいた時、私はマクベスの妻という自分ではなく、ただ見守ることしかできない第三者の魔女になっていました」

マクベスは驚愕する。

たった四回の人生を送っただけでも辛く悲しい想いをした。

その何倍もの数を繰り返した彼女は、一体どれだけ苦しんだというのか。

なぜ最後に夫であるマクベスに命を奪われるなどという悲しい運命を迎えなければいけないのか、と。

「何もできない私はずっと側であなたが苦悩する姿を見ていました。愛している人がそんな状態にあって——とても辛かったたし、言葉をかけてあげたかったたし、なによりも力になってあげたかった。でも、私に許されたのはただ見守ることだけでした……」

長き時を繰り返すうちになった魔女としてはあまりにも存在感が薄く、ただそこにいるだけでなににも干渉することができなかった。

それでも、なんとかマクベス最後の人生に彼女は間に合った。

他の誰にも認識されることはない。

だが、愛する夫マクベスだけが自分を見てくれた。気づいてくれた。

ならば、持てる力の全てを持って彼の力になろうと決めた。

だからこそ、最後の言葉も彼を後押しするものでなければならない。

「大丈夫、あなたならやれるわ」

優しく笑った彼女の身体が徐々に崩れていく。

「悲しまないで、私はかりそめの存在だからこのまま消えていきます。きっと、私のことは記憶から消えていくはず……でも、最後にあなたの力になれて、私は誰よりも幸せでした……」

笑顔とともに涙を一筋流した瞬間、彼女の言葉は止まる。

確かにそこにあったはずの身体は泡のようにはじけ、突然吹いた風に飛ばされていき、まるで最初からなにも存在していなかったかのように……。

こうして、彼女の繰り返した人生は終わりを告げることとなる。


泡のように彼女の身体が消え、身体から魂が抜けて、空へと飛んでいき、光に飲み込まれてどこかに飛ばされていった。

そこは真っ白な世界であり、一人の男性が彼女を迎える。

『ありがとう』

細身の優しそうな男性。

お礼の言葉を告げる彼が何者なのか、彼女には一目で理解できていた。

「あなたが、我々の物語を書かれた方ですね」

『あぁ、君たちを苦しめた張本人さ。特に君の物語はたくさん書いてしまったから、余計に苦しんだだろう』

苦笑しながら肩を竦める彼は、悪い人間には見えなかった。

「それでも、私たちはあなたのおかげで出会うことができました。私は夫に会うことができて幸せでした」

そっと胸に手を当てた彼女は、マクベスに会えたことを確かに幸せと感じていた。

だから、作者にも感謝をしていた。

『ふむ、そう言ってくれるなら少しは救われる。君が魔女になる展開も悪くないと思っていたんだ。かなりいい話になったね』

ずっとマクベスの物語をここから見ていたシェイクスピアはふっと笑う。

彼女が魔女になる展開はシェイクスピアも何度か考えては消した話である。

しかし、その思いが彼女に力を与えて魔女へと至らしめた。

そこから先の、魔女としてマクベスの力になったのと、魔眼の魔女になったのは彼女自身の想いだ。

『実は、この物語の最初は君が主人公だったんだ。だから数がかなり多くなった。でもね、そうしていくうちに、最終的にはマクベスを主人公とする物語が完成したんだ』

これがマクベスの妻が数多くループする理由だった。

「先ほどまでは私と夫の二人の物語でした。でも、今は全てが彼一人に。きっと、世界を解放へと導いてくれるはずです」

遠くにいる彼の姿を思いながらそう言った彼女は、強くマクベスを信じていた。

運命を変える力は、主人公にこそ強く宿るはずである。それが二人に分散していたからこそ、マクベスは本来の力を発揮できずにいた。

だから、今の彼ならば必ず成し遂げると彼女は信じている。

『ここからは私も本当に知らない未知の物語だ。だが、君が背中を押した、君が信じたマクベスならきっと……』

二人は結末を見届けることなく、そのままそれぞれの場所へと戻って行く。

作者は恐らくはあの世と言われる場所に。

これで彼と彼女の出番は全て終わったことになる。あとは、全て、マクベスの双肩にかかっていた。


「──はあ、はあ、はあ……」

膝をつくマクベスは荒い息を吐き出す。

先ほどまで大切ななにかを抱えていた気がする。

しかし、それがなんだったのかを全く思い出せない。

（荒野にやってきて……それから、なにかがあったんだ。確かになにかが、そこから洞窟の中へと入って、予言の三魔女に会って、そして……）

「クソッ……ダメだ、思い出せないっ！」

すぐそこにあるのに届かない。

そんなもどかしさを感じながら、自分の記憶を探ろうとするが、どんどん遠のいていくのを感じていた。

記憶を追い求めながらも、ふと顔をあげると視線の先に予言の三魔女の姿があった。

「あいつら……そうだ、私は予言の三魔女を討つためにここまでやってきたのだ！」

そう考えると、マクベスはかたわらに落ちた剣を拾い上げて立ち上がる。

「な、なんなんだ、一体なにがあったんだい！」

「わ、わからない、なにかがあったことだけは覚えている！」

「あいつが、マクベスがなにかをしたのか！」

大鍋をこねくり回していた魔女たちもこの状況に困惑していた。

先ほどまでマクベスはなにかを話していた。

そこまでは予想済みだったが、いきなり自分たちに向けていたはずの剣を別方向へと向けたのだ。

しかし、それ以上のことを思い出せない魔女たちは、この初めての経験に戸惑っていた。

この世界は予言の力に囚われており、その予言の力を司っているのは彼女たち予言の三魔女のはずである。

多少のイレギュラーは存在しても、最後には全て彼女たちの思い通りになっていた。時に人を敬うふりを見せ、時に強い言葉をかけて、時に見下すような言い方をしていた。

そうやって人間をからかうことで、魔女としての生を楽しんでいた。

だからこそ、なにが起こっているのかわからない今の状況に、マクベスから感じる人ならざる力におびえていた。

「あぁ、なぜだかわからないが、どうやら私には特別な力が宿っているようだ」

自分の背中を押すような力強い気持ちに鼓舞されたマクベスはしっかりと立ち上がる。

「お前たちには多くの人間が苦しめられた。世界がいびつなのもお前たちの存在が原因だ」

剣を持ったマクベスはゆっくりと、確実に魔女たちのもとへと向かって行く。

「ひ、ひいいい」

「な、なぜこんなことが！」

「あ、あの男は、まずい！」

予言の三魔女などという大層な存在は見る影もなく、そこには腰を抜かした老婆三人の姿があった。

「もう、お前たちは終わりだ」

魔女たちの近くまでやって来たマクベスは剣を持つ手に力を入れる。

「あああっ！　マ、マクベス！　マクベス！　お前は！」

焦った荒野の魔女の一人が予言を口にしようとする。

再び新たな予言がマクベスを捉えれば、予言の三魔女に抗うことはできない。

「させない！」

続きを口にする前に、マクベスは剣を振り下ろした。

彼女らが頼れるのは、予言の力だけであり、その力を持って最後まで抗おうとする。

「終わりだ！」

しかし、それもマクベスの一撃によってあっけなく終わりを告げることとなった。

マクベスの足元に横たわる魔女たちの亡骸。

それもすぐにボロボロと灰のようになって、その形をとどめることもなくなった。

これまで予言の三魔女の予言によってもがき苦しみ、たどり着いた結末。

あまりにもあっけない終わりに、マクベスは呆然と立ち尽くしていた。

「…………本当に、終わった」

五度の人生を送った。

四度の死を迎えた。

その全てが今日という日に繋がっており、今日のために自分は存在していたのだ、マクベスはそう強く実感していた。

「もう、ここに来ることはないだろう」

再度洞窟の中をマクベスは見回していく。

既に魔女の亡骸は完全になくなっており、魔女たちが消滅した影響か、なにかを煮込んでいたはずの大きな鍋もどこかへと姿を消していた。

疲れた身体を引きずるようにして、マクベスは洞窟を出て行く。

来る時はさほど長いとは感じなかった通路だったが、出ようとする今はとても長く感じており、もしかしたら永遠に続くのではないのかとすら思わされている。

どれだけ歩いたのか、自身ではわからないほどの疲労の中、それでも外の明かりが差し込んでいるのが見えた。

（あぁ、やっと出られるのか）

喉はカラカラに渇いており、声を出すのも億劫になっている。

外に出たところで、強い日差しが顔にかかってきたため、マクベスはだるそうに右手でそれを遮った。

「――あなたっ！」

そんな彼を呼ぶ声がする。

「あれは……なぜここに？」

ここに来ることは誰にも告げずにやってきたはずである。

「マクベス！」

「あなた、あなた！」

やってきたのはフィリアとバンクォーの二人だった。

涙を瞳いっぱいに浮かべたフィリアがくしゃくしゃの顔でマクベスを精一杯抱きしめた。

「はあ、無事でよかった」

呆れたように肩を竦めてそんな風に言いながらも、バンクォーは親友の無事を見て心の底からホッとしていた。

「なんで二人がここに……？」

頭に浮かんだ疑問を解消するために、マクベスはこの質問を投げかける。

バンクォーはため息一つついて口を開く。

「はいはい、俺が答えますよ。早朝、俺たちはお前が一人で馬に乗って出かけたのを見た。だけど、俺はピンときた――予言の魔女に会うために例の荒野へと向かったんだってな」

そう言ってニカッと笑ったバンクォーは指を一本立てて見せる。

「なるほど。それで彼女も一緒に連れてきたのか」

マクベスは自分の胸の中で泣きじゃくる妻の頭を優しく撫でる。

「違う違う！　俺が連れてきたんじゃないんだって！　先に飛び出したのは奥さんの方だ。俺はそれを後から追いかけてきたんだよ」

それを聞いてマクベスはなるほどと頷く。

「確か君は私のもとへやってくる前に、家では乗馬をたしなんでいたと言っていたな」

妻となって家に入ってからは貞淑な妻となり、マクベスのことを支えてくれていた。

だが、それ以前は実家近くの野山を駆け回っていた彼女のことだ、馬に乗るのはたやすいだろう。

「いやあ、乗馬なんて優しいものじゃなかったけどな。草原だろうと森だろうと荒野だろうと走り抜ける姿はそんじょそこらの騎兵隊員と比べても遜色なかったぞ」

疲れをにじませた顔でバンクォーは肩を竦めながら言う。

愛しい人のぬくもりを感じながら、マクベスは腹の底から大きな声で笑う。

気づけば日は高く、空は晴れわたり、マクベスの笑い声が広がっていく。

「ふっはっは、いや、青っ白い顔をしていた時には心配したが、それだけ笑えれば大丈夫そうだな」

バンクォーも一緒になって笑い始める。

それはフィリアへと伝播していく。

しばらくの間、寂れた荒野に三人の笑い声が響き渡っていたが、ふと真顔になり、マクベスが顎を手で触れる。

「あら、あなた、なにか大事なお話でも？」

「どうして……あぁ、この癖か……！」

その時、何故かマクベスの両眼から滂沱と涙が流れ落ちた。

「あれ、あれ、何で……」

何故(なぜ)かはわからない。ただ、誰かの悲しいような、それでいてどこか嬉(うれ)しそうな表情が脳裏(のうり)に浮かんだのだ。

「そうか、あれは——」

気づいたマクベスは首を横に振って、笑顔になる。

既に涙は止まっていた。

「お疲れ様、あなた」

愛しい人の腕に抱かれ、マクベスは頷く。

「ありがとう、愛しき妻よ……」

エピローグ

その後、スコットランドはダンカン王によって統治され続け、彼の没後は当初の予定通りにカンバーランド公マルカムが王位を継承した。

彼は良き王として、国を長く統治し続けることになる。

マクベスの親友であるバンクォーは洞窟から帰還したのち、領地を王に返還している。

もともとバンクォーは自身に才能がないと思っており、息子こそが家長として相応しいと考えていたため、引退が少し早まっただけである。

そのフリーアンスはマクベスより、グラームズ、コーダー、ファイフの領地を譲り受け、既に小王を名乗っている。

多くの地を彼は良き領主として長く統治した。

その子も、さらにその子も幸せに暮らし、何代かのちにスコットランド王になる者が現れる。

くしくも荒野の魔女の予言のとおりになったわけだが、これには予言も運命も関係なく、ただ彼の孫が優秀であり、王と認められたためであった。

彼らは良き王、良き領主としてこの国を治め、世界は長きにわたり平和となる。

既に主人公の役割から解き放たれ、一人の人間として生きるマクベスはと言えば、愛する妻とともに地方の農村で村長として静かに暮らすこととなる。

彼らは子をなすことはなかったが、村人たちを家族と思い、彼らの相談にのり、問題の解決を手伝い、彼らに慕われ続けた。

穏やかな日常は、彼らに幸せを感じさせていた。

「――人生は舞台、人はみな大根役者」

ふと突き抜けるような青空を見上げたマクベスは、風に吹かれながら誰にともなく呟く。

これは『マクベス』という物語にあった言葉。

だが、彼はそこで言葉を止めずに更に続ける。

「されど、誰もがその舞台の主役だ……どんなに長くとも、夜は必ず明ける」

物語から解放された彼の言葉は誰に向けたものだったのか、本人にもわからない。

「あなた、そろそろ家に帰りましょう？」

「あぁ」

人の欲を刺激する魔女たちはもういない。しかし、そのような人間は巷に数限りないるのではないだろうか。彼女たちはただそれが形となっただけのもの……。

マクベスはもうそんなものには屈しないが、果たして他の人はどうだろう。

「考えても詮無いことか」

首を横に振り、マクベスはフィリアについてゆく。

そうして、二人はいつも寄り添いあい、いつまでも幸せな暮らしを送ったという……。

転生(てんせい)マクベス

著者　かたなかじ

2022年4月28日第一刷発行

発行者　角川春樹
発行所　株式会社角川春樹事務所
〒102-0074 東京都千代田区九段南2-1-30イタリア文化会館
電話　03(3263)5247(編集)
03(3263)5881(営業)

印刷・製本　中央精版印刷株式会社

フォーマットデザイン　bookwall

ISBN978-4-7584-4478-1

http://www.kadokawaharuki.co.jp/[営業]
fanmail@kadokawaharuki.co.jp[編集]　ご意見・ご感想をお寄せください。